HEYNE <

Das Buch

Zehn Jahre lang war Siggi der Mann an ihrer Seite, dann geht er, von heute auf morgen. Für Corinna Feldmann gerät die Welt aus allen Fugen. Was tun, wenn die große Liebe geht? Mit Mühe versucht Corinna sich aufzurappeln und ihren Schmerz zu besiegen. Gute und beste Freundinnen stehen mit unerschöpflichem Rat zur Seite. Doch da gibt es auch Vicky Leandros, die »Dann kamst du« singt, ein Versprechen, mit dem die Realität nicht recht Schritt halten kann. Die Dinge überstürzen sich, als Corinna den attraktiven Gewerkschaftler interviewt und wenig später im Flugzeug einen (nicht minder attraktiven) Arzt fast mit ihrem Beauty-Case erschlägt. Eva Herman erzählt die turbulente, traurig-komische Geschichte einer modernen Frau, die mitten im Leben steht und dennoch vor großen Gefühlen nicht gefeit ist. Sie erzählt mit lakonischem Witz und genauem Auge für die Situationskomik des Alltags.

Die Autorin

Eva Herman, geboren 1958 in Emden, arbeitet als Fernsehmoderatorin in Hamburg. Ihre journalistische Laufbahn begann sie 1985 beim Bayrischen Rundfunk in München, wo sie zahlreiche Radio- und Fernsehsendungen moderierte. 1989 wechselte sie nach Hamburg ins Team der *Tagesschau*. Daneben ist sie regelmäßig mit Unterhaltungs- und Talk-Sendungen, darunter *Herman und Tiedjen*, in den Programmen der ARD vertreten. *Dann kamst du* ist ihr erster Roman.

Eva Herman

# Dann kamst du

Roman

WILHELM HEYNE VERLAG
MÜNCHEN

*Umwelthinweis*:
Dieses Buch wurde auf
chlor-und säurefreiem Papier gedruckt.

Vollständige Taschenbuchausgabe 10/2006

Printed in Germany 2006
Umschlagfoto: © Pando Hall/Getty Images
Umschlaggestaltung: Nele Schütz Design, München
Satz: Dörlemann Satz, Lemförde
Druck und Bindung: GGP Media GmbH, Pößneck

ISBN: 3-453-81163-1
ISBN: 978-3-453-81163-8

www.heyne.de

Der Mann ist des Weibes Untergang.

Davon war meine Großmutter zeit ihres Lebens überzeugt.

Und meine Großmutter wurde alt. Sehr alt.

Ich musste gerade jetzt an sie denken, während ich versuchte, mit einem dicken Frottierwaschlappen meine verheulten Augen zu kühlen. Nachdem eiskaltes Wasser darüber gelaufen war, presste ich ihn so fest ins Gesicht, dass ein dickes Rinnsal am Kinn hinunter in den Ausschnitt troff.

Ich schaute in den Spiegel.

Na, toll. Also, wirklich, Sie sind eine schöne Frau, Verehrteste!

Die Pupillen waren kaum zu sehen, so dick quollen die Lider darüber. Viel schlimmer aber sah es unterhalb der Augen aus. Als wären zwei Kissen eingenäht worden, so aufgequollen wirkte die Haut oberhalb des Jochbeins.

Ich sah aus wie ein Gespenst.

Dieser Mistkerl.

War nach Hause gekommen, hatte meine Nudeln aufgegessen und dann gesagt: »Muss mal mit dir reden.«

Das war selten.

Sonst wollte immer ich reden.

Heute war es umgekehrt gewesen.

Kein Instinkt hatte mich gewarnt.

Aber das wäre auch sinnlos gewesen. Er hatte sich vorgenommen, dieses Gespräch zu führen, und darauf musste er sich lange vorbereitet haben.

Ich hatte also vor ihm gesessen und zunächst versucht,

möglichst gelassen und uninteressiert auszuschauen, während innerlich ganz allmählich erst der Stuhl unter mir und dann der Rest der Welt zusammenklappte.
»Der Grund, warum wir reden müssen, ist sehr wichtig«, versuchte er es vorsichtig.
Ich musterte ihn.
Gott, sah er gut aus. So männlich. Asketisch. Umwerfend.
»Du wirst ja auch schon gemerkt haben, dass es so mit uns nicht weitergehen kann.«
In die Augen schaute er mir dabei nicht. Auch nicht in mein Gesicht. Gar nicht in meine Richtung. Er starrte ein Loch in die Luft, in etwa dort, wo die grässliche Küchenlampe hing, die er damals mitgebracht hatte.
Wie hatte ich mich gegen dieses Ding gewehrt, schließlich war die Küche von mir eingerichtet worden, mit viel Geschmack und Gefühl für das Detail, wie ich zumindest fand. Mein besonderer Stolz galt immer noch der Reling rund um die Arbeitsfläche, an der man so herrlich bequem die Küchenhandtücher trocknen konnte.
Und ich hatte großen Wert auf das Bio-Loch gelegt, ein Abfallentsorgungsloch mit Deckel neben der Spüle, wie es sich einst der schlaue Alfred Biolek ausgedacht hatte, der ja nun wirklich genügend Erfahrung mit der ganzen Kocherei hat. Umsichtige Hausfrauen von heute und morgen schwören auf das Bio-Loch.
Siegfried gefiel die Küche damals schon nicht.
Zu gelb. Alles gelb. Komme mir vor wie im Inneren eines Hühnereis, hatte er sich beschwert.
Als ob Männer jemals einen Hauch von Ahnung gehabt hätten, wie eine Küche aussehen müsste.
»Gelb lässt die Seele tanzen«, entgegnete ich ihm damals schlagfertig. Das sagen die Anthroposophen. Und ich bin Steiner-Fan.

»Du sollst kochen und nicht tanzen«, war seine Antwort gewesen.
Wie im Mittelalter. Du sollst kochen und nicht tanzen!
Damals war mir schon klar gewesen, dass sein Verhältnis emanzipierten Frauen gegenüber unter großem Nachholbedarf litt.
Also, auf jeden Fall schien der einzige Fixpunkt in diesem Moment nun seine Lampe zu sein, und so schaffte er eben Blickkontakt zu seiner Verbündeten.
Plötzlich sah er mich an.
»Hörst du mir eigentlich zu?«
Die Frage war berechtigt.
Nein, ich wollte ihm nicht zuhören. Ich wollte das ganze Gespräch nicht.
»Ja, klar, Siegfried. Rede weiter«, hörte ich mich sagen.
Blödfrau. Warum stand ich nicht auf und ging einfach? So wie er es auch immer tat. Ich habe momentan keine Zeit, lass uns heute Abend weiterreden. Tschüss, Schatz, muss jetzt los. Nein, Frau Trottel saß und wartete mit gesenktem Haupt auf das Ende.
»Also, ich will mich jetzt nicht in Einzelheiten ergehen. Die kennst du selber gut genug. Ich denke, das Beste für uns beide ist, wenn ...« Er stockte und suchte nach Worten, während er sich bemühte, cool zu bleiben. Natürlich sah er wieder an mir vorbei, diesmal in Richtung Bio-Loch.
»Wenn was?«
Der Klassiker. Sofort hakte ich nach, um endlich den Todesstoß versetzt zu bekommen.
»Na ja, du weißt schon. Also, ganz klar: Ich habe keinen Bock mehr!«
Keinen Bock mehr.
Wie gewählt er sich ausdrückte in dieser einzigartig wichtigen Situation.

»Keinen Bock mehr zu was? Aufräumen? Abwaschen? Zu was hast du keinen Bock mehr?« Meine Stimme klang auf den Schlag schrill, das tiefe Timbre, um das mich einige Leute beneideten, war spurlos verschwunden.
Wie hirnrissig auch, jetzt auf ironisch zu machen. Half sowieso nichts mehr.
Galgenhumor nannte man das, und den hatte ich anscheinend noch.
Siegfried schnaufte laut und fuhr sich sichtlich genervt mit den Fingern durch die hellblonden Locken. Dabei sah ich, dass seine Hände tief gebräunt waren. Sonnengold. Ich liebte diese gleichmäßige Anordnung seiner Finger, das genaue Maß, mit dem die Natur sie aufeinander abgestimmt hatte. Auch seine Nägel, immer gepflegt. So wunderbar harmonisch sah alles aus.
Seine Hände waren meine Heimat.
»Corinna, kapierst du denn nicht? Ich beende gerade unsere Beziehung. Mensch, sei mir doch dankbar, bei dem Zoff, den wir hatten in der letzten Zeit. Es ist aus! Verstehst du? Aus! Vorbei!«
Er hatte sich in Rage geredet und die letzten Worte gebrüllt. Dann ließ er sich mit einem tiefen Seufzer zurückfallen auf den roten, geschnitzten Holzstuhl, den seine Eltern uns damals geschenkt hatten.
Aus! Vorbei!
Typisch Mann.
Wenige Worte, bombastische Wirkung!
In meinen Ohren begann es zu rauschen. Zunächst verhalten, dann anschwellend.
Aus! Vorbei! Er geht. Wohin? Wer wartet auf ihn? Warum geht er? Ist da etwa …?
»Du hast eine andere!«

Kaum verständlich quollen die Worte wie zähflüssiger Milchbrei aus meinem Mund.
»Quatsch. Ich habe keine andere.«
Klang, als ob es stimmte. Aber Männer lügen wie gedruckt.
Meine Großmutter hatte es immer gesagt. Die Kerle holen sich, was sie brauchen, und vom ersten Tag an lügen sie dich an, dass sich die Balken biegen.
»Schwöre mir, dass du keine andere hast.«
Meine Güte, warum hatte ich das denn bloß gesagt? Vorpubertäres Verhalten nannte man das. Wie im Kindergarten. Ich weiß nicht, warum ich in bestimmten Stresssituationen dazu neige, einen solchen Blödsinn rauszulassen.
»Du weißt genau, dass ich nie schwöre.« Er sah sich seine Hände an.
Oma hatte Recht.
Sie lügen wie gedruckt, die Männer.
»Wenn es keine andere ist, was ist es dann? Wir verstehen uns doch gut. Ich liebe dich doch. Und du doch … liebst du mich nicht mehr?«
Während ich die Worte sprach, kam das Unfassbare näher. Vielleicht liebte er mich nicht mehr? Oh, Gott.
Mir wurde übel.
Mit Mühe zwang ich mich, ihn anzusehen, seine Augen zu finden.
Er ließ es nicht zu. Besah sich weiter seine schönen Finger. Nahm sich den linken Ringfinger vor, um ihn zu massieren. Das heißt, er massierte das untere Drittel, direkt bei dem silbernen Ring, den auch ich trug, mit zunehmender Intensität. Knetete und rieb, bis alles ganz rot wurde. Schien zu schmerzen. Er legte die rechte Hand auf die linke und atmete laut aus.

Schaute mich an.
Ich sah ihm in die Augen.
Da hatte ich es!
Es stimmte. Es wurde Wahrheit: Er liebte mich nicht mehr.
Wie schrecklich.
Die Vernichtung.
Im Kofferradio lief Gitte Haenning:
... Schnee liegt auf den Rosen,
ich geb zu, ich frier ...
Er schlug die Lider nieder, sein Blick blieb auf dem Tisch haften.
Ich spürte, wie die Tränen kamen, war unfähig, sie herunterzuschlucken. In manchen Situationen war ich eine Meisterin in dieser Übung gewesen.
Jetzt brauchte ich es gar nicht erst zu probieren.
Mein Kinn begann zu zittern.
Oh, wie ich das hasste.
Hunderte Male hatte ich es bei meiner Mutter gesehen, oder bei Großmutter.
Jedes Mal, bevor sie ihre Schleusen öffneten und das Haus unter Wasser setzten, begann es mit diesem unkontrolliert zitternden Kinn.
Wie schrecklich. Wie armselig.
Aus dem Transistor tönte es:
... das Leben, es wird weitergehn,
nur wie, weiß ich noch nicht ...
Ich schlug die Hände vors Gesicht. Heulte jetzt einfach los. Hemmungslos.
Und sehnte mich nach ihm. Nach seinen Armen, tröstenden Worten, nach seiner Liebe.
Oh, Herr, hilf, dass ich jetzt nicht sterbe.
Oder doch! Ich möchte jetzt einfach umfallen. Mausetot sein. Für immer und ewig.

»Wir waren uns doch so ähnlich, hatten viele gleiche, wunderbare Interessen«, machte ich noch einen überflüssigen Versuch.
So schien Siggi das ebenfalls zu sehen, denn plötzlich brach es aus ihm heraus. »Wir sind uns gar nicht ähnlich«, schrie er. »Du lebst in einer Vorstellung. Einer Theatervorstellung. Völlig unrealistisch. Alles fröhlich, heiter, kunterbunt und oberflächlich, Hauptsache, der Schein wird gewahrt. Großes Haus, schickes Auto und immer gute Laune!«
Er war aufgesprungen, einmal durch die gelbe Küche gerannt und hatte sich wieder fallen gelassen. Auf den Stuhl, den roten.
»Und ich bin anders.« Tonlosigkeit in seiner Stimme. »Ganz anders.«
Er schaute nach unten.
»Ich bin kein lustiger Mensch.« Tiefe Resignation.
Die Worte trafen mich wie ein Schlag.
Hatte er Recht?
Vielleicht.
Oder war alles eine einzige große Ausrede?
Ich sah an mir herunter.
Immer heiter.
Guter Scherz.
Oberflächlich.
Wer war das nicht hin und wieder? Es gibt immer Momente, in denen tief schürfende Überlegungen eher stören.
Er rührte sich nun nicht mehr. Saß reglos und guckte auf den Tisch. Der war übrigens auch von seinen Eltern. Zusammen mit dem roten Stuhl und dem blauen und dem grünen.
»An diesem Tisch hat der kleine Siegfried schon sei-

nen allerersten Milchbrei zu sich genommen«, hatte Schwiegermutter damals glückselig bemerkt, als wir die sehr hübsch bemalte Garnitur geschenkt bekamen.
Lieber tot sein als so unglücklich wie jetzt.
Himmel, ich wusste es schon, als wir uns kennen gelernt hatten, vor zehn Jahren.
Dass er es sein würde, der mich verließ, wenn überhaupt einer verließ.
Er war immer so stark, so überlegen, so sicher.
Ein Intellektueller, der sich verirrt hatte. Bei mir. Ausgerechnet bei mir.
Ein Mann, der auch wirklich ein Mann war. Der nie viel Aufhebens machte, sondern so wirkte, wie er war. Unverfälscht, unbeeindruckbar.
Es stimmte: Manchmal war er auch traurig.
Und ich hatte immer gehofft, ihn mitreißen zu können in ein lustigeres, unbeschwerteres Leben.
Ein fataler Denkfehler.
Ich sprang auf, rannte zur Tür, riss sie auf und lief, wild schluchzend, die Treppe hinauf.
Hinter mir höhnte die Haenning:
… und ich ball meine Faust und sag, ich bin staaaark! …
Mit einem Riesensatz verschwand ich in meinen Federn und ließ zu, was Frauen vieler Generationen vor mir schon vorbildlich zugelassen hatten:
Ich heulte das ganze Elend dieser Welt heraus!

Das Telefon klingelte unten im Hausflur.
Ich legte den Waschlappen neben die Seife und schaute auf die Uhr.

Zehn schon. Wer konnte das sein?
Siegfried war gegangen, gestern Abend. Nach unserer kurzen, aber entscheidenden Unterhaltung hatte er die Nacht woanders verbracht.
Von wegen keine andere und so.
Wahrscheinlich würde er mir erzählen, er hätte bei Lars geschlafen. Dem spindeldürren Lars, seinem besten Freund, mit dem er schon in der D- oder E- oder Y-Jugend zusammen Fußball gespielt hatte. Und mit dem er fünf Abende von sieben in der Woche gemeinsam seine Zeit in der Mucki-Bude totschlug. Mit dem er also trainierte wie Dieter Baumann vor und nach seiner Doping-Pause.
Einen Waschbrettbauch wollte er haben, wie die Cover-Jungs von Men's Health. Irgendwie war ihm das nie ganz gelungen.
Zugegeben, er hatte einen ansehnlichen Body. Aber Waschbrett? Siggi?
Mir war es relativ egal, wie hart oder weich die Muskulatur sich in diesem Bereich anfühlte.
Allmählich schlich sich ein anderer Verdacht bei mir ein. Vielleicht trainierten die zwei gar nicht so zielstrebig, wie sie es mir weiszumachen versuchten. Der Fitnessclub hatte den Ruf, eine Single-Rummel-Bums-Bude zu sein, und wohlmeinende Geister, die mich im Leben meist unsichtbar begleiten, hatten mich immer davon abgehalten, dieses so genannte Fun-Center persönlich unter die Lupe zu nehmen.
Ich hatte Siegfried zwei Mal dort abgeholt, und was während des Wartens an holder Weiblichkeit herausstolziert war, hatte bei mir für einige schlaflose Nächte gereicht.
Ich wusste genau, wenn ich einmal mitginge, würde ich

keine Sekunde mehr Ruhe haben, während Siegfried dort trainierte.
Und, wie gesagt, das waren im Schnitt fünf Abende in der Woche.

Nach dem vierten Klingeln würde der Anrufbeantworter anspringen. Ich sauste in den Flur, um zu hören, wer am anderen Ende war.
»Hallo, Corinna, ich bin es, Manfred. Denkst du daran, dass du meine Sendung heute Nachmittag übernommen hast? Du weißt ja, ich muss zum Zahnarzt. Danke dir noch mal dafür. Bussileeeiiin!!«
Ach, du lieber Himmel! Das hatte ich total vergessen. Manfred hatte Freitagabend angerufen und mich gebeten, für ihn einzuspringen. Ich hatte es ihm versprochen.
Ich lief zurück ins Badezimmer.
Hilfe!
Wenn ich näher an den Spiegel heranging, konnte ich mit Mühe das Blau meiner Augen erkennen. Der Rest war immer noch rot, dick geschwollen und unansehnlich.
Ich hatte die Nacht durchgeheult, kaum geschlafen und fühlte mich nicht einmal in der Verfassung, das Alphabet aufzusagen, geschweige denn eine Fernsehsendung zu moderieren.
Immerhin hatte mein Lebensgefährte mich gerade verlassen.
Ich spürte, wie mein Kinn schon wieder zu zittern begann.
»Nein, es reicht!« Ich brüllte mich im Spiegel an. »Dumme Kuh, Heulsuse! Sei froh, dass er fort ist, der Mistkerl. Du warst doch selber nicht mehr glücklich.«
Ich nahm wieder den nassen Lappen und drückte ihn mir auf das linke Auge.

Mit dem rechten sah ich mich an und versuchte dem Anblick standzuhalten.
»Hast doch selber oft genug darüber nachgedacht, den feinen Herrn zu verlassen«, herrschte ich mich weiter an.
»Denk nur an das letzte Treffen mit Stella. Bist drei Stunden mit ihr an der Elbe spazieren gegangen und hast ihr einen Vortrag nach dem anderen darüber gehalten, dass du nun gehen würdest. Und was hat sie dir nach drei Stunden endloser Geduld geantwortet? Mein Engel, hat sie milde gesagt, du hast ihn doch längst schon verlassen. Du bist schon weit weg von ihm. Und sie hatte Recht, verdammt nochmal!«
Ich holte Luft, und Klatsch, bekam nun auch das rechte Auge den Lappen zu spüren.
»Und was machst du? Verunstaltest dich, während er mit seiner neuen Flamme einen auf ewig macht. Und sagst Sendungen ab. Na, so weit kommt's noch mit dir!« (Ein Lieblingssatz meiner Großmutter.)
Inzwischen bedrohte ich mein Spiegelbild mit der ausgedrückten Zahnpastatube. Den Lappen hatte ich ins Waschbecken geschmissen.
Die Tube war nun mein Drohfinger: »Meine liebe Tante. Du wirst hübsch deinen Dienst versehen und einen unauffälligen Eindruck machen. Da draußen geht niemanden an, was hier los ist. Also, ab die Post!«
Die Zahncreme landete ebenfalls im Waschbecken, und ich startete durch.
Während sich immer wieder schmerzhafte Gedanken wie Wolkenfetzen durch das, was man Verstand nennt, hindurchzuziehen versuchten, hatte ich mit Brachialgewalt den Lautstärkeregler meiner Musikanlage nach

oben gerissen, und Massive Attack spuckten mir auf ohrenbetäubende Weise Spying Glass in die Gehörgänge.

Maike, die Maskenbildnerin, hob eine Augenbraue, als ich hereinkam.
»Na, Schatz, hast wohl durchgemacht«, sagte sie, während sie einige Schminkschwämmchen auswusch.
»Joo, so kann man wohl sagen. Aber du bist ja eine Zauberin.«
Ich versuchte sie anzustrahlen und wagte dabei einen Blick in die zahlreichen Spiegel, mit denen die Wände zugepflastert waren.
Himmel, sie hatte Recht.
Nicht viel erinnerte an das, was ich bisher von mir kannte. Eine fast Fremde sah mich an, eine Person mit aufgequollenem Gesicht, die mindestens fünf Jahre älter war als ich. Die Polster unter den Augen waren zwar weitgehend verschwunden, erkannte ich beim Näherhinschauen, dafür aber waren zweieinhalb große Falten erschienen, auf jeder Seite zweieinhalb, schön gleichmäßig.
Echsen sehen so aus, fiel mir ein, Eidechsen, Chamäleons, Dinosaurier, Schildkröten. Maike sagte: »Nun setz dich hin. Ich brauche heute etwas länger. Kannst mir ja später erzählen, was passiert ist.«
Ich seufzte.
»Also gut. Er hat mich verlassen.«
Maikes Gesicht blieb, wie es war. Keine Regung. Keine Überraschung. Nichts Enttäuschtes.
Vorsichtig rieb sie mit ihrem wohlriechenden Schwämmchen unter meinen Augen entlang. Anschließend tupfte sie behutsam mit dem Zeigefinger nach und klopfte zart

eine leichte Creme ein. Es fühlte sich an wie eine feine, entspannende Massage.

»Hast du gehört? Er hat mich verlassen!«

So konzentriert kann kein Mensch sein, dass er einen solch elementaren Satz nicht schon beim ersten Mal versteht.

»Ja, Corinna, ich habe es gehört.«

Maike klopfte immer noch, und allmählich wurde es mir etwas viel Geklopfe.

»Ja, und?«

Mit einem Ruck saß ich kerzengerade und starrte sie an.

»Ja, und was sagst du dazu? Nun sag doch mal!«

Maike stand mit gespreizten Fingern vor mir, an den Fingerkuppen haftete die Creme.

»Corinna, was soll ich sagen? Es tut mir natürlich wahnsinnig Leid.« Sie wandte sich ab.

»Was ist das denn für eine komische Reaktion?« Ich schnappte nach Luft.

Maike verhielt sich, als wäre es das Normalste der Welt, dass ein Kerl seine Freundin verlässt. Was heißt, seine Freundin?

Mich! Mich hatte er verlassen, mich, die sie seit über zehn Jahren kannte. Wir waren fast wie Schwestern. Sie hatte die Phase der Verliebtheit mitbekommen, und noch viel besser: Die beiden Typen vor Siegfried kannte sie auch bestens.

»Maike, he, was ist los mit dir? Bist du denn ...« Ich stockte jäh und verstummte. Direkt vor meinen Augen befand sich ihr Kinn, und das begann plötzlich zu zittern. Erst unmerklich, dann immer heftiger. Ich wusste nun genau, in welchem Bruchteil der nächsten Sekunde sie anfangen würde, richtig loszuweinen.

Bingo! Es ging los.

»Maike, Mädel, komm mal her.«
Ich war aufgesprungen und versuchte sie in die Arme zu nehmen. Das große weiße Umhängetuch, das sie mir übergelegt hatte, fiel herunter, und während sie sich bemühte, es aufzuheben, versuchte ich sie zu trösten.
Dabei folgte ich ihr nach unten, verlor das Gleichgewicht und riss sie gänzlich in die Tiefe.

Die Tür öffnete sich, und Gerhardt, der Moderator einer der regionalen Abendsendungen, kam herein. Er war groß und blond und sehr gut aussehend. In der Maske wurde er nur der Hüllenlose genannt, weil er sich bis vor zwei Monaten stets den Oberkörper entblößt hatte, bevor er geschminkt wurde.
Kein Mensch konnte sich das erklären.
Eine Psychologin mit schmuddeligen, ungewaschenen Haaren, die ich einmal für ein Fachgespräch über Geisteskrankheiten interviewt hatte, erzählte mir, nachdem sie Gerhardt und seinen Auftritt in der Maske live verfolgt hatte, dass es sich um ein Defizit aus seiner Kindheit handeln könne, entstanden durch falsches Verhalten seiner Mutter. Er befinde sich, wie sie damals versicherte, dadurch in einer leicht neurotischen Zwangsstruktur, der er nur durch eine wohl dosierte, leicht temperierte Ganzheitstherapie entfliehen könne. Wenn er wolle. Sonst gehe es sowieso nicht.
Vermutlich ahnte Gerhardt nichts von dem Gerede hinter seinem entblößten Rücken, und, so wie ich ihn einschätzte, hätte es ihn auch nicht sonderlich interessiert.
Er war immer nett, fröhlich und ausgeglichen. Ausgesprochen sympathisch. Alle mochten ihn, weil er das Leben von einer ganz anderen Seite anging als die meisten anderen Menschen unter dieser Sonne. Ernst

zu nehmende Situationen schien es um ihn herum nicht zu geben, ja, selbst in seinen Interviews mit den Lokalpolitikern fiel er durch seinen Optimismus auf und den steten Drang, so oft wie möglich ein Happy End zu finden.

Nun allerdings schaute er für einen kurzen Moment etwas verunsichert, als er uns unter unserem Leichentuch auf dem Fußboden entdeckte.

»Hoppalla, wie putzelig.«

Er hatte sich schnell wieder im Griff, lachte und sagte: »Maikelein, wann hast du Zeit für deinen Lieblingsmoderator, hm?«

Manchmal war er wirklich zu sehr mit sich selbst beschäftigt.

Maike wühlte sich unter dem Tuch hervor, und während sie sich aus meiner Umarmung zu befreien und aufzurichten versuchte, antwortete sie: »Komm in einer Stunde, Gerhardt. Hier dauert es noch etwas.«

Tapfer, tapfer.

»Ja, Mäuschen«, sang der Abendmoderator und warf schwungvoll die Tür hinter sich zu.

Ein kleiner Hauch von Fahrenheit blieb mir vor der Nase schweben.

Oh, Gott, das auch noch!

Wie ich es hasste.

Dieses Fahrenheit.

Seit es diesen Mief zu kaufen gab, fragte ich mich, wie Frauen dazu kamen, ihren Männern einen derart abschreckenden Gestank unter das Kinn zu sprühen. Es konnte nur wegen der Abschreckung sein, der Abschreckung des eigenen Geschlechts. In diesem Fall würde die Rechnung mit zuverlässiger Sicherheit aufgehen.

Wahrscheinlich wäre Siegfried noch bei mir, wenn ich ebenso schlau gewesen wäre wie diese geschickten Gefährtinnen.

Maike stand inzwischen wieder vor ihren Tiegeln, und ich hatte erneut auf dem Schminkstuhl Platz genommen.

Die Tränen standen noch in ihren Augen, unter den Füßen spürte sie jedoch schon wieder festen Boden.

»Also, Baby, was ist los?«

Ich wollte jetzt endlich wissen, was Sache war.

Sinnlos hantierte sie mit einem Pinsel herum, prüfte zum vierzehnten Mal, ob alle Haare in eine Richtung standen, während sie mit dem Daumen ständig darüber strich.

Ich hielt ihre Hand fest und sah sie an.

Ihre schönen, dunklen Augen glänzten in den verbliebenen Tränenresten.

Sie schluckte.

In diesem Moment war alles klar.

Friedrich, der Ober-Loser, hatte sie hängen lassen. Zum sechsten oder siebten Mal, genau wusste ich es nicht.

»Das wievielte Mal ist es?«, fragte ich.

»Das achte!«

Sie schluchzte, die Schultern bebten, das Kinn zitterte wieder und mir nun die Knie.

Was für ein Tag!

»Dieser Arsch!« Es entfuhr mir einfach, ohne Rückholrecht.

Ich hatte es ja kommen sehen, und wirklich klug musste man für diese Analyse nicht sein.

Friedrich war über fünfundzwanzig Jahre älter als Maike. Ein mittelmäßiger Schauspieler, der ein unmöglicher Macho war. Die Kleine litt seit Kindestagen unter ihrem abwesenden Vater und war irgendwann in diesen unseligen Kerl hineingerannt.

Pott hatte Deckel gefunden, beide brauchten sich wie die Luft zum Atmen. Nur dass die Luft mordsmäßig verpestet war, realisierten sie lange nicht.

Ich nahm ihr den Pinsel aus der Hand.

»Gib her, ich mach selbst!«

Jammernd wehrte sie ab.

»Tu mir einen Gefallen«, beschwor ich sie. »Koch Kaffee, setz dich dahin, geh an die Luft, tu, was du möchtest, nur fall jetzt nicht auf. Dir geht's ja noch schlimmer als mir.«

Ich grinste sie an. »Glaub nicht, dass deine Hand jetzt ruhiger ist als meine.«

Erleichtert seufzte sie, ihre Schultern hoben sich ungefähr zwanzig Zentimeter, um dann etwa einen Meter herunterzusacken, während sie in den Stuhl hinter meinem fiel.

Doch es dauerte nicht eine Minute, da hörte ich von hinten: »Wenn du so weitermachst, siehst du schlimmer aus als jetzt. Meine Güte!« Sie war aufgesprungen und herangeeilt. »Du stellst dich vielleicht ungeschickt an.«

Dabei deutete sie auf einen hellen, großen Punkt auf der Wange, den ich beim Auftragen des Make-ups vergessen hatte.

Schniefend beugte sie sich über mich, um die Farbe mit den Fingerspitzen, die sich eiskalt und wohltuend erfrischend anfühlten, richtig zu verteilen.

Natürlich. Ich hätte es wissen müssen. Die Berufsehre.

Keine Maskenbildnerin auf der ganzen Welt, die etwas auf sich hält, lässt sich den Schwamm aus der Hand nehmen.

Und mit was?

Mit Recht.
Denn, egal wie konzentriert ich mich auch anmalte, es war nie so perfekt wie von einer Fachkraft.
Sechs Jahre Ausbildung. Wie ein Studium. Da konnte man nicht einfach um die Ecke kommen und es besser wissen wollen.
Und ehrlich gesagt, es gab ohnehin nichts Angenehmeres und Entspannenderes, als die kleinen Klopfmassagen mit den Händen oder den feinen Schwämmchen und Pinselchen auf der Haut zu spüren. Die Impulse, die unter den Teint gearbeitet wurden, sorgten für neue Vitalität, die sich bald durch den ganzen Körper ziehen würden.
Herrlich. Ich schloss meine Augen, und da uns beiden nicht nach großen Geschichten zu Mute war, schwiegen wir und dachten, vermutlich ebenfalls beide, über die unendliche Leichtigkeit des Seins nach, die in nicht mehr greifbare Ferne gerückt war.

Es ist schon erstaunlich, was Farbe ausmacht.
Nach einer halben Stunde sah ich zwar nicht gerade wie Madonna aus, aber schon recht ansprechend.
Ich hatte eben das Glück, ungeschminkt über ein beliebiges Allerweltsgesicht zu verfügen, bei dessen Anblick kein Hund freiwillig aufstehen würde.
Für einen guten Visagisten oder Maskenbildner wäre es keine Schwierigkeit, aus mir eine durchschnittliche Hollywood-Schauspielerin, einen männlich-asketischen Cowboy oder einen Kung-Fu-Kämpfer zu schminken. Mit entsprechender Technik ginge ich auch ohne Probleme als Dracula oder Mary Poppins durch.
Putzfrau und Königin.

Der Chefin einer großen Theater-Maskenbildnerei rutschte einmal, als sie mich komplett ohne Farbe sah, die Bemerkung heraus: »Oh, Kindchen, göttlich. Alles unauffällig an Ihnen. Die Augen nicht klein und nicht groß, die Nase ohne ein wesentliches Merkmal und der Mund fast ohne Lippen, wunderbar. Sie werden ein Star! Glauben Sie mir.«
Daraus wurde zwar nichts, aber heute gefiel mir wenigstens das, was Maike aus dem Scherbenhaufen zusammengesetzt hatte.
»Der Lidstrich ist immens wichtig, wenn du dicke Augen hast.«
Das hatte mir Maike während der Stuckarbeiten noch erklärt.
»Aber nicht zu dick, sonst erschlägt er die Augen.«
»Ja, ja, ist gut. Mach mal.«
»Scheißtypen!«, kam es nun von oben.
Ich blinzelte unter geschlossenen Augen hervor.
»Mistkerle!« Sie kriegte sich nicht mehr ein, wurde ganz rot vor Ärger und zog die letzte Strähne über meinen Augen zurecht.
Ich grinste sie an.
»Du solltest dir lieber Kompressen machen, dein Freund Gerhardt kommt bald, dann darfst du wieder Rücken massieren, Baby.«
Ich wollte sie auf andere Gedanken bringen, vielleicht meinte ich aber auch mich damit.
Siegfried hatte sich mit der ihm typischen Beharrlichkeit in meinem Kopf zurückgemeldet. Der Verstand versuchte ihn immer wieder hinauszudrängen, doch die Gefühle winkten ihn energisch heran.
Er war weg. Für immer fort. Dieser schöne, kluge Mann hatte mich einfach verlassen.

Vielleicht hatte er eine Jüngere? Wir waren nur zwei Jahre auseinander, und das ist, wenn man älter wird, für eine Frau nicht unbedingt ein Vorteil.
Sagte meine Großmutter schon.
Sie hatte gut reden.
Hatte sich mit fünfzig in einen achtzigjährigen ehemaligen Brotfabrikanten verliebt. Oder besser umgekehrt, er hatte Gefallen gefunden an der damals zierlichen kleinen Dame und natürlich nicht gewusst, dass er kurz vor seinem Ableben in das größte Elend rennen würde, das ihm die vielen Jahre über erspart geblieben war.
Zwei Kriege hatte er mitgemacht, zwei Weltkriege. Und als Geschäftsmann war er durch alle Höhen und Tiefen gegangen, die die Wirren des Lebens in einer solchen Zeit so mit sich brachten.
Und dann war er an meine Oma geraten.
Irgendeine schwere Last musste er wohl mitgebracht haben aus einem seiner früheren unseligen Leben. Er war schlecht inkarniert, wie meine Mutter durchaus liebevoll und mitleidig über ihn befunden hatte, deshalb war ihm am Ende noch solch ein Unglück zugestoßen.
Die Oma war kein sehr friedliches Wesen, und eigentlich hatte sie so ziemlich alle Männer auf dem Kieker. Also musste sie ihm gar nicht lange zusetzen und er hatte einen Schlaganfall.
Ans Bett gefesselt und angewiesen auf ihre Hilfe, wurde er jeden Tag ein Stück kleiner, und niemanden wunderte es, als er plötzlich und unerwartet verging und verstarb.
Großmutter trat ein nettes Erbe an, das sie natürlich vor Gericht gegen seine Kinder erstritt, und lebte die folgenden Jahre mehr oder weniger unglücklich ohne Männer.

Eine Haarsträhne fiel mir immer wieder in die Augen. Nach dem vierten Versuch gab ich auf und stellte erfreut fest, dass sie eigentlich wunderbar von wesentlichen Schwachstellen ablenkte und gnädig überdeckte, was die Camouflage nicht geschafft hatte.
Maike saß jetzt hinter mir, trank Kaffee und schniefte unaufhörlich.
Ich nahm mir ebenfalls einen Schluck.
»Brrr, ist der fisselig dünn.«
»Hm. Doppelschwerter.«
Sie griente.
»Doppel was?«
»Na, Doppelschwerter. Kennst du doch.«
Sie tat, als wäre es das Selbstverständlichste der Welt, dünnen Kaffee so zu bezeichnen.
»Kenn ich nicht.«
»Aber Blümchenkaffee kennste.«
»Häh?«
Also wirklich.
Maike sprang auf, wahrscheinlich weil sie, wenn sie stand, besser in der Lage war, etwas zu erklären.
»Also: Du kennst doch Meißen?«
»Wat?«
War ich begriffsstutzig, oder konnte sie nichts erklären?
»Mei-ßen!«
»Maike, ich verstehe dich nicht. Versuch es auf Deutsch.«
Ein bisschen nervte sie jetzt.
»Also, noch einmal.«
Sie stöhnte.
»Meißener Porzellan.«
»Aha.« Ich nickte.
»Ja, ja.«
Allmählich begann ich zu begreifen.

Sie schien es zu bemerken.
»Genau. Die Tassen haben meist ein Blümchenmuster.«
Ich nickte.
»So, und wenn der Kaffee dünn ist, kannst du in der Tasse die Blümchen durch die dunkle Flüssigkeit hindurch erkennen.«
»Hm.«
Fand ich ganz lustig.
Sie freute sich darüber. »Das ist Blümchenkaffee.«
Klar!
»Und wenn der Kaffee ultradünn geraten ist, erkennst du das am Symbol von Meißen, das außen unten am Boden eingraviert ist. Nämlich die gekreuzten Schwerter.«
Sie setzte sich wieder hin, und ich stand auf. Um nachzudenken.
»Und das nennt man Doppelschwerter-Kaffee.«
Ah, ja. Nette Geschichte. Würde ich mir merken.
Da war aber schon wieder etwas anderes, das mich beschäftigte, außer dem dünnen Kaffee.
Siegfried.
Er war fort.
Im Gegensatz zu der Brühe hier.
Mein Siggi.
Ich spürte in der Magengegend etwas Ähnliches wie das, was der gute Jäger dem Wolf in den Bauch eingenäht hatte, nachdem die liebe Großmutter und das schöne Kind mit der roten Mütze wie durch ein Wunder unversehrt herausgeschlüpft waren.
Siggi war ein wundervoller Mann, und wenn nicht Konsequenz zu seinen ausgeprägtesten Tugenden gehört hätte, wäre ich vielleicht in Versuchung geraten, mit ihm über letzte Chancen zu reden.

Ich hätte ihn anrufen können, verwarf den Gedanken aber sofort wieder.
Er hatte knallhart Schluss gemacht, ohne Rücksicht auf Verluste.
Bestimmt hatte er eine andere, natürlich eine Jüngere, Hübschere, Lässigere …
Seufzend puderte ich mir noch einmal die Nase.
Ich musste mit Stella telefonieren und natürlich mit Alexandra, meiner klugen, schönen, raffinierten Freundin. Mutter wusste auch noch nichts, aber das konnte eigentlich warten.
»Was hältst du davon, wenn wir am Wochenende schick ausgehen?«, schlug ich Maike vor.
Sie blickte von ihrer Illustrierten hoch.
»Ach, mal gucken«, jaulte sie, inzwischen anscheinend auch wieder traurig.
»Ich werde dich anrufen. Du kommst auf jeden Fall mit. Mal sehen, was da draußen los ist.«
Ich versuchte sie im Spiegel anzustrahlen, und die Falten unter meinen Augen zogen sich zu kleinen Rosetten zusammen.
Schnell glättete ich die Miene und rief im Hinausgehen: »Du kommst auf jeden Fall mit. Ist das klar?«
Eine Antwort konnte ich nicht mehr hören, denn die Tür knallte laut ins Schloss.

Ich bin ruhig.
Atme tief ein.
Halte die Luft an.
So lange, bis mir schwindelig ist.
Alle schwere Energie führe ich nun aus meinem Körper hinaus.
Ah!

Atme tief aus.
Er hat mich verlassen.
Ich werde in Zukunft alleine sein.
Einsam.
Niemand wird mit mir das große Haus teilen.
Jeder Raum gehört mir.
Auch sein Bücherzimmer.
Keiner wird es bemerken.
Da draußen.
Am Fernsehschirm.
Heute sieht sie etwas blass aus, werden sie denken.
Manchmal kommen solche Briefe.
Oder Anrufe in der Telefonzentrale.
Oft haben sie Recht, vielleicht hatte ich schlecht geschlafen oder meine Tage gehabt.
Heute ist alles anders.
Ab heute!
Unerträglich.
Das Herz spüre ich nicht.
Es schmerzt. Tief unten im Bauch.
Halte ich die Sendung durch?
Sie werden es sehen.
Sie müssen es doch sehen.
Wie war das mit der Valente?
Ach, ja.
Zirkuspferd!
Egal, was kam, sie hielt durch.
Auf der Bühne, in der Manege, vor der Kamera.
Es geht niemanden da draußen etwas an, wie es in dir aussieht.
Elendes Leben.
Als Sekretärin würde ich blaumachen oder schlechten Kaffee kochen.

Tiefer Atem, der durch mich strömt.
Ich halte die Luft an.
So lange, bis ich spüre, wie die Zellen jedes Blutkörperchens sich mit Sauerstoff zu füllen beginnen und meinen Körper beleben.
Du fehlst mir.
So sehr.
Ich liebe dich!
Ich liebe dich doch!
Immer noch.
Und immer weiter!
Ob jemand da draußen ahnt, was es heißt, in dieser Situation zu arbeiten?
Es geht doch gar nicht.
Ich muss gleich weinen.
Wie gerne würde ich jetzt einfach losheulen, eine Stunde lang oder zwei.
Tiefes Atmen.
Es hilft.
Weil es doch jetzt gleich weitergeht.
Da draußen.

»Guten Abend, meine Damen und Herren, und herzlich willkommen, wie immer an dieser Stelle um diese Zeit.«
Der Jingle lief, ich trank noch schnell einen Schluck Wasser und war auf Sendung.
Es war alles wie immer: Am Anfang gab es aktuelle Nachrichten und Beiträge, dann ein bisschen Feuilleton und Boulevard.
Der Gast auf dem Prominenten-Sofa war ein Gewerkschaftsboss aus Baden-Württemberg, der bundesweit arbeitete und ziemlich bekannt war.

Ich hatte mich auf ihn vorbereitet, indem ich seine Vita, einige Zeitungsartikel und Aufsätze und einen dieser beliebten Fragebögen gelesen hatte.
Die Daten: geschieden, vier Kinder, die bei der Mutter lebten. Er selber ein Einzelkind, über den Vater hatte ich nirgendwo etwas finden können. Er war bei seiner Mutter aufgewachsen, Lehrerin, kämpferischer Typ. Er liebte die Frauen (offensichtlich liebte er auch seine Mutter innig), war für Gerechtigkeit (hatte er wohl von Muttern genetisch weitergegeben bekommen, denn er hatte sie als Vorbild für Fairness und Loyalität in mehreren Artikeln erwähnt), und war ausgesprochen harmoniesüchtig (Maaamaaa!!).
Das konnte ja heiter werden.
Ich meine, es ist nicht von Nachteil, wenn Männer nachhaltig von ihren Müttern geprägt werden, aber immer und in erster Linie kommt es in einem solchen Fall auf die Frau Mama an.
Wenn sie ein Quengelhuhn ist oder Madame Hysterie oder aber im schlimmsten Fall beseelt von dem guten, alten Heidi-Brühl-Schlager: Wir wollen niemals auseinander gehen, dann Gnade uns Frauen Gott.
Flucht wäre das Einzige, Letzte, Traurige, was uns dann bliebe, und zwar je eher, desto besser.
Hier und heute handelte es sich aber lediglich um einen Gast, der nach einer Stunde wieder verschwinden würde und den ich weder heiraten noch sonstwie an mich binden wollte.
Und trotzdem war es wichtig, solche Daten im Kopf zu haben, denn Männer, auch Gewerkschafter oder Politiker, waren damit leichter zu durchschauen.
Einmal hatte ich mich auf einen knallharten Bundespolitiker vorbereitet, der rhetorisch dermaßen geris-

sen war, dass alle Moderatoren des Landes vor ihm zitterten.
Ich auch. Und wie.
Eine Nacht vorher lag ich schlaflos in den Federn und überlegte, was ich anstellen könnte, um einigermaßen gut aus der Sache herauszukommen.
Dieser Mann war zudem dafür bekannt, gerissen und hochintelligent zu sein.
Aber er war klein. Sehr klein.
Ging mir, wenn es hoch kam, maximal bis zur Nasenspitze.
Ha! Auf einmal hatte ich es.
Ich würde die Schuhe mit den höchsten Absätzen anziehen und meinen kürzesten Rock.
Zugegeben, dieses sind fast unerlaubte und geradezu fiese Hilfsmittel.
Aber, wenn es denn helfen würde?
Kurz vor der Sendung ging ich auf ihn zu und wurde mit jedem Schritt, den ich näher kam, größer und größer.
Er war gefasst, höflich, korrekt, aber seine listigen Augen verhießen nichts Gutes hinter der Nickelbrille.
Mein Outfit ignorierte er scheinbar, und sich selbst hatte er natürlich perfekt im Griff.
Seine Sachthemen waren mir mehr oder weniger geläufig, trotzdem wusste ich aus leidvoller Erfahrung, dass die Typen sich immer rausreden können, wenn sie es nur wollen.
In jedem Augenblick.
Es gibt sogar Exemplare, die vorsätzlich die Unwahrheit sagen, weil sie wissen, dass der Moderator so schnell nicht recherchieren kann, oder die dem Interviewer das dumme Gefühl vermitteln, auf dem Holzweg oder schlecht vorbereitet zu sein.

Und so bleibt der Mist häufig ungeklärt im Raum und in Millionen Haushalten hängen.
Hinterher schlägt man sich vor die Stirn und sagt: Ich Volltrottel!
Aber dann ist es zu spät.
Auf jeden Fall begann das Interview mit Mister Schlau, und der sprach ganz gewählt.
Exakt formulierte Sätze, geschliffene Zwischentöne, Ironisches, Zynisches, Heiteres.
Natürlich überführte er mich lächelnd sofort der Unwissenheit, indem er bereits meine erste Frage inhaltlich korrigierte und grinste, als er den Gedanken mit den Worten abschloss: »Sie sind ja noch jung und haben Zeit, dazuzulernen.«
Vielen Dank fürs Obst.
Ich hatte es gewusst.
Ich merkte, wie mein Rücken an der Sofalehne allmählich hinunterrutschte, doch plötzlich fiel mir mein Coach ein, der mich gelehrt hatte, gerade zu sitzen in derartig unsicheren Momenten.
Also kroch ich fast unmerklich wieder hoch, der Rock rutschte hinterher und der Politiker auf seinem Hosenboden herum.
Er hielt seine Arme verschränkt, die Beine übereinander geschlagen und wirkte insgesamt leicht krumm und fies.
»Herr Soundso, Sie sind für Ihre unschlagbare Rhetorik im ganzen Land berühmt.«
Er lächelte geschmeichelt.
»Von nonverbaler Ausdrucksweise allerdings scheinen Sie nicht so viel zu verstehen.«
Danke, lieber Gott! Ich wusste, dass das jetzt saß.
»Wie meinen Sie das, Frau Feldmann?«

Seine Handknöchel, die gerade noch unter den Oberarmen herausguckten, bekamen eine weiße Farbe.
»Nun, Herr Soundso, sonst würden Sie hier nicht so verkrampft sitzen. Jemand, der etwas von Körpersprache versteht, könnte Ihnen erklären, dass Sie Angst vor mir zu haben scheinen. Sie sind komplett verschränkt. Sie schützen sich. Sie beschirmen Ihre Brust, Ihr Herz mit den Armen und scheinen auch den Unterleib durch Ihre verschränkten Beine schützen zu wollen. Erzählen Sie mir, wovor Sie sich ängstigen!«
Bingo!
Seine Gesichtsfarbe wechselte in derselben Sekunde auf Dunkelrot, um danach in einem himmelblauen Lila zu versuppen. Seine Schlagfertigkeit war dahin, er stammelte unverständliche Worte, und auf einmal tat er mir Leid.
Er war ja schließlich so klein.
Wiederum auch so gemein.
Ach, egal. Auf jeden Fall bemühten wir zwei uns nach diesem kleinen Schlagabtausch, dem anderen den kleinstmöglichen Schaden zuzufügen. Und ich hatte zumindest nicht verloren.

Nun also saß der Gewerkschaftsmann vor mir.
Vor der Sendung hatte ich keine Zeit mehr gefunden, ihn zu begrüßen, sondern hatte lediglich von seinem Referenten ein Kurzbriefing über aktuelle Sachthemen erhalten, und so sah ich ihn in diesem Moment zum ersten Mal vor mir live auf Sendung.
»Guten Abend, Herr Fehrtenbach.«
Überraschenderweise sah er fantastisch aus.
»Hallo, Frau Feldmann.«
Hey, wie locker.

Gar nicht politikerlike, nach dem Motto: Guten Tag, holper-holper, meine Damen und Herren, fühle ich mich geehrt, holper-holper, darf ich Ihnen sagen, wie wohl ich mich hier fühle, schleim, schleim … etc.
Auch kein wissendes Lächeln, kein überheblicher Gestus, nichts Gnädiges, das Dankbarkeit forderte.
No und nein!
Er war informativ, menschlich und leicht zu verstehen. Außerdem schien er Courage zu haben, denn sonst hätte er sich unpopuläre Bemerkungen, die ihn als emotional entscheidenden Menschen und nicht nur als politisch agierenden zeigten, erspart.
Ich muss zugeben, dass mich Leute, die ich mag, inspirieren. Sofort drücke ich den Hebel nach oben, und wenn es wirklich gut läuft, fliege ich mit ihnen davon. Das geht nur bei ganz wenigen, aber wenn es funktioniert, dann ist es auch für andere offensichtlich.
Also segelten der gute Mann und ich durch den Äther, während ich mich mit Mühe noch auf die Regieanweisungen besann.
Ein schweißüberströmter, umfangreicher Aufnahmeleiter bewegte mich schließlich zum Landen, nachdem er hinter der Hauptkamera so heftig gewunken hatte, dass ich dachte, er würde sich dabei die Arme ausreißen und umfallen.
Aber da war die Sendung auch schon zu Ende.

Eine geschlagene Stunde hatte das Telefonat mit Siegfried gedauert.
Ich lag auf der Couch, die Füße in die Wolldecke gewickelt, die so fürchterlich fusselte. Keine Ahnung, wie viel

dieser Wolle ich in den letzten Jahren schon in meinen Nahrungskreislauf aufgenommen hatte, immer nachts, wenn ich mich von Siegfried entfernt und zum Schlafen unten aufs Sofa gelegt hatte. Wenn man sich bis zur Nase mit dem ekelhaften Material zudeckte, bekam man das Zeug in den Mund.
Hundert Prozent Polyacryl, schmeckte wie die Plastikhaare meiner Expuppe Suse.
Zum Wegschmeißen war sie dennoch zu schade.
Der Mensch braucht immer Decken. Für Besucher, wenn sie übernachten, oder als Vorhang, wenn die Sonne scheint und der Fernseher läuft, oder eben für die kalten Füße.
Ich tröstete mich wieder mal mit dem Gedanken, sie irgendwann im Auto zu deponieren und für die Couch eine neue, eine gute aus reiner Baumwolle zu kaufen.
Siegfried war etwas zugänglicher gewesen.
Nochmals hatte er nachdrücklich betont, dass keine andere Frau im Spiel sei, dass wir uns doch aber schon lange auseinander gelebt hätten.
Meine Einwände, dass wir ein fantastisches Grundverständnis, die seltene gemeinsame Humorebene und einen gemeinschaftlichen Hausstand hätten, überhörte er.
»Corinna, sei doch vernünftig«, hatte er gemahnt. »Wir haben gestritten wie die Kesselflicker. Du hast mich nicht mehr verstanden, und ...« Er musste abbrechen, weil ich laut schluchzte.
Tränen der Trauer und der Wut rannen mir über das Gesicht.
Ich versuchte meiner Stimme trotzdem Halt und Ruhe zu verleihen: »Weil du nie zu Hause warst, deswegen haben wir gestritten. Weil du nur mit deinem Freund

Lars unterwegs warst, hatten wir Zoff. Weil du mich vergessen hattest, einfach vergessen! Hier, in unserem Haus, hast du mich schmoren lassen, Abend für Abend. Und ins Kino sind wir immer nachts gegangen, in die Spätvorstellung, wenn normale Menschen schliefen, weil alles andere spießig war. Deswegen haben wir gestritten.«

Ich hatte mich natürlich nach drei Sekunden von Souveränität und Überlegenheit verabschiedet und kochte mich in kürzester Zeit zu einem kreischenden Vulkan hoch. Hemmungslos heulte und schniefte ich ins Telefon und tat mir unendlich Leid.

»Du bist gemein, Siegfried, einfach nur gemein!«

Typisch Weib. Unendlich blöde, diese Tour.

Ich wusste genau, was er dachte, nämlich, dass er Gott danken müsse, noch rechtzeitig davongekommen zu sein.

Mit Recht.

»Corinna, ich mach jetzt Schluss …«

»Hast du doch schon! Willst du mich noch weiter quälen?«

Ich schrie die Entrüstung in den Hörer.

Er machte Schluss. Hängte ein, ließ mich kreischen, zappeln, wimmern und jammern.

Aus! Ende! Vorbei!

Ich reckte mich lang. Dehnte die Muskeln, spannte sie an, um dann alle viere von mir zu drücken. Das tat gut.

Mit Rücksicht auf mein verbeultes Gesicht vom Morgen hatte ich darauf verzichtet, das Gespräch noch nachzufühlen, um mich nicht weiteren Sturzbächen zu ergeben.

Im Grunde hatte Siegfried ja Recht.
Ein berauschendes Liebespaar hatten wir nicht mehr abgegeben, und die kurze, aber heftige Affäre, die ich zwischendurch mit einem Kollegen gehabt hatte, sprach ebenfalls nicht für dauerhaftes Glück. Da hatte ich aber auch schon die Sache mit Maria Luiza erfahren, der feurigen Spanierin, die nicht nur einen Beratervertrag bei Siggi gehabt hatte, wie er mir weismachen wollte. Aber dann hatte er ihre Handynummer nach einem längeren Telefonat nicht gelöscht, sondern einfach den Hörer unseres gemeinsamen Telefons aufgelegt.
Künstlerpech, mein Lieber.
Vor allem, wenn du mit einer Frau liiert bist, die man als Kind schon Miss Marple nannte, weil sie buchstäblich alles herausbekommt. Natürlich nicht vorsätzlich, sondern meist durch Kommissar Zufall, der ihr gerade im rechten Augenblick zu Hilfe kommt.
Oder durch Eingebungen.
Den siebten Sinn.
Das achte Weltwunder.
Die fünf Tibeter.
Das dritte Auge.
Natürlich hatte ich seinen debilen Gesichtsausdruck bemerkt, als ich ins Wohnzimmer kam, während er telefonierte. Und natürlich hörte ich auch den Wechsel vom Flüsterton in routinemäßige Amtssprache.
Selbstverständlich ahnte ich, dass auf der anderen Seite jemand sprach, von dem ich nichts wissen sollte, und unzweifelhaft musste ich nach Beendigung dieses vielseitig temperierten Gestammels die Telefonnummer überprüfen.
Da hatte Siegfried gerade das Zimmer verlassen, nach-

dem er mit einer wegwerfenden Handbewegung etwas von hirnverbrannten Bürokraten genuschelt hatte.
Es knackte in der Leitung, dann hörte ich das Klingelzeichen, und ich vernahm eine durchaus angenehme, jugendlich klingende Stimme, die fragte: »Schatzi, hast du etwas vergessen?«
Krach!
Der Hörer lag wieder auf der Gabel, und ich war im Sprint bei ihm.
Während er mit höchstem Interesse die Börsenkurse im Internet studierte, fiel ich über ihn her. Und eines wusste er sofort: Leugnen war zwecklos.
Also beichtete er mir die Geschichte, die schon länger lief und angeblich nichts bedeutete.
Ich brauchte Wochen, um herauszubekommen, dass er die Dame anschließend wirklich in die Pilze geschickt hatte und sie keine Gefahr mehr war.
Und da der Vorfall mich schwerstens mitgenommen hatte, musste ich mir selbst beweisen, dass ich noch am Leben war.
So war kurz und knapp der Kollege dran gewesen, mit dem zusammen ich ein ganzes Wochenende lang in einer anderen Stadt ein Firmenjubiläum moderierte.
Hatte nichts zu bedeuten, war schnell wieder beendet, und ich war gerne zu Siegfried und seinen schönen Augen zurückgekehrt.
Gerne und lieber als je zuvor.
Stella jedoch hatte damals schon mehr aus dieser Begebenheit gelesen.
»So etwas, mein Engelchen, passiert nicht in einer funktionierenden Liebes-Freundschaft.« Das war einer ihrer Lieblingsausdrücke, obwohl ich ihn nie so passend fand. »Wenn man sich liebt und aneinander interessiert

ist, müsste ein solches Verhalten nahezu ausgeschlossen sein. Dies ist der Anfang vom Ende eurer Beziehung.«
Instinktiv wusste ich damals, dass sie Recht hatte, aber der Mensch ist nun mal, wie er ist.
Nie und niemals hätte ich freiwillig aufgegeben, was ich hatte. An Siegfried. Niemals!
Ich musste Stella anrufen.
Wie spät war es jetzt in L. A.?
Meine gute Freundin lebte seit zehn Jahren dort. Seit sie ein Spielwarenhersteller, ein ausgemachter Multimillionär, gesehen und geheiratet hatte.
Das war damals eine Show gewesen!
Stella war auf der Hochzeit einer guten Freundin zu Gast. Der Typ auch.
Als sie nachts in unsere gemeinsame Wohnung zurückkam, erzählte sie mir noch lange von ihm. Er sei sehr nett, gut aussehend, witzig und eloquent. Und er hätte sogar ihre englische Sprechkultur verstanden.
Dazu gehörte allerdings einiges.
Ihr Englisch war zu diesem Zeitpunkt noch schlechter als meins. Und ich war buchstäblich eine wandelnde Sprachkrücke. Ich beherrschte keinen Satzbau, die Grammatik stammte aus einem polnischen Hinterhof, und die Vokabeln, die ich damals kannte, hätten nicht mal eine ganze DIN-A5-Seite gefüllt.
Auf jeden Fall hatte er sich anscheinend auf den Schlag in sie verliebt.
Er hatte auch einen ganzen Abend Zeit dazu gehabt, schließlich war sie seine Tischdame gewesen.
Nun war es keine Schwierigkeit, sich in diese Frau zu vergucken, denn sie war schön, intelligent, warmherzig und von Grund auf heiteren Gemüts.

Zusätzlich war sie noch eine ausgewachsene Sexbombe, mit Röcken so kurz, dass man immer den Eindruck hatte, sie hätte einen besonders schönen Stoffgürtel umgeschlungen, aber den Rest vergessen anzuziehen.
Es war jedes Mal eine Herausforderung, mit ihr auszugehen, denn sie war außerdem ein halbes Köpfchen größer als ich, was sich ausschließlich an der Länge ihrer Beine nachmessen ließ.
Damals schon war ich stolz auf mich, weil ich die Freundschaft mit ihr so lange so gut ausgehalten hatte, denn wenn einer von uns beiden nach einem feuchtfröhlichen Abend die Typen nachhaltig beeindruckt hatte, dann sicherlich nicht ich. Und es gehörte ein ausgeprägtes Selbstbewusstsein dazu, diese Chancenungleichheit auf Dauer und auch mit Sicht auf die Zukunft ohne Neid und Missgefühl zu akzeptieren.
Die Göttin der Liebe also hatte wieder einmal ihre Arme ausgebreitet, und dieser Mann hatte sich verfangen, gleich für den Rest seines Lebens.
Sie war übrigens Hals über Kopf mit ihren gepackten Koffern nach USA verschwunden. Keine zwei Wochen hatte das gedauert, so schnell hatte er sie weich gekocht.
Nach dieser Hochzeitsfeier waren Blumen gekommen, Tag für Tag, manchmal mehrere Sträuße im Stundentakt, Rosen, Lilien, Tulpen, Gerbera, Orchideen, einfach die ganze Bestellliste rauf und runter.
An einem Tag nur gerieten wir durcheinander, weil ich auch mal Blumen erhielt und der Anbetende auf ein Signal von mir wartete.
Ich hatte gar nicht bemerkt, von wem dieser eine etwas mickrige graue Strauß stammte und für wen er be-

stimmt war, denn ich hatte schon eine gewisse Übung entwickelt, Stellas Blumen anzunehmen, aus dem Papier zu wickeln und in einen der zahlreichen Eimer oder Suppentöpfe, in denen sich schon alle Blumen dieser Erde befanden, hineinzuquetschen.

Die Briefchen, die dabei waren, las ich schon lange nicht mehr. Stand eh immer nur der eine Satz drin:

Stella, I love you!!!!

Nach vierzehn Tagen also hatte er sie weich, und sie verschwand auf einen anderen Kontinent.

Ob sie wohl zu Hause war? Es musste dort Mittag sein. Ich wählte ihre Nummer.

Tuut, tuut, Anrufbeantworter mit ihrer Stimme:

»Unfortunately we are not at home. But we're gonna call you back as soon as possible. Please leave a message after the beep ...«

»Hallo, Stella, ich bin es, Corinna. Ich glaube, ich muss dringend mit dir sprechen. Es eilt sogar. Es wäre also schön ...«

»Was wäre schön, Engelchen?«

»Ach, da bist du ja!« Ein Ausruf der Erleichterung.

Gott sei Dank. Meine gute Freundin, meine beste Freundin war natürlich erreichbar für mich, wenn es mir so schlecht ging.

»Corinna, es scheint etwas Wichtiges passiert zu sein. Wie kann ich dir helfen?«

Ihre Stimme klang wie Heimat, wie Zusammenrollen- und Schnurren-Dürfen, sie klang wie die Rettung!

»Stella, er ist weg!«

In diesem Augenblick spürte ich wieder das unselige Zittern meines Kinns, und langsam kroch es mir den Hals hoch, das Selbstmitleid.

»Wer ist weg? Siegfried?«

Sie brachte es wie immer auf den Punkt.
»Du sagst es. Er hat Schluss gemacht. Gestern! Einfach so!«
Ich schluchzte.
»Quatsch, einfach so. Gar nicht einfach so. Es wurde Zeit. Aber natürlich tut es dir weh, nicht wahr?«
»Ja, ja«, flennte ich. »Es tut soo weh, soo weh. Ich liebe ihn doch.«
Alles Elend dieser Erde rann durch meine Seele und spülte Hilflosigkeit nach oben.
»Jetzt hör mal auf mit Liebe. Erzähl mir lieber, warum und wieso er den Schlussstrich gezogen hat!«
Nachdem ich mir die Nase geputzt hatte, berichtete ich ihr stockend und schluchzend alles, was ich noch wusste.
Stella hörte schweigend zu, und als ich fertig war, fragte sie mich: »Hat er eine andere?«
»Weiß ich nicht«, heulte ich wieder los. »Ich weiß es doch nicht. Vielleicht ja, oder nein?«
Die Stimme meiner Freundin wurde noch behutsamer. »Corinna, wenn du sicher bist, dass du ihn noch liebst, sag mir, welche Möglichkeiten du hättest, ihn zu halten.«
Ich überlegte einen Moment.
Halten? Wie sollte ich jemanden halten, der schon weg war?
Was würde ihn mir zurückbringen?
»Er hat mich verlassen«, schluchzte ich ins Telefon. »Er kommt nicht zurück. Nie mehr kommt er zu mir zurück.«
Wäre es nicht Stella gewesen, hätte ich mich meiner Flennerei wegen schämen müssen.
»Mal ganz ruhig, Corinna. Warum hat Siggi sich von dir getrennt?«

»Warum?«

Ich schluckte.

»Weiß ich nicht, ist ihm anscheinend alles zu eng. Beziehung, Verantwortung, Verpflichtungen. Und meine Einstellung.«

»Was meint er damit?«

Sie klang so lieb, ausgesprochen therapeutisch.

»Wir leben in einem Haus«, schoss ich los. »Er wollte nie eins, ihm würde ein fieses graues Apartment im Hinterhof ohne Tageslicht genügen. Ich fahre ein schönes Auto«, ballerte ich weiter, »er benutzt aus Prinzip immer noch den Bus. Ich liebe mal ein Gläschen Wein«, rang ich nach Atem, »aber er ist Antialkoholiker.«

Sie konnte noch weitere Argumente haben.

»Ich rauche, er nicht. Ich liebe Currywurst, er ist Vegetarier. Und, und, und ... du kennst ihn doch«, brach ich die Liste ab und erkannte plötzlich, wie gegensätzlich diese große Liebe war.

»War es immer klar, dass ihr so unterschiedlich seid?«

»Ja, das heißt ... ich meine«, stotterte ich nun.

Wie war das denn am Anfang mit uns gewesen?

Einige Marotten waren mir schon damals aufgefallen, aber wir hatten das lachend abgetan.

Gegensätze ziehen sich an.

Wie viele einfältige Paare dieser Erde mochten sich mit diesem idiotischen Spruch wohl schon getröstet haben seit Adam und Eva?

»Wahrscheinlich ja, Stella, ich hab es nur nicht bemerken wollen.«

Ich schnäuzte mich.

»Na ja, und außerdem ist er einfach jemand, der ausgesprochen unabhängig ist.«

Ich dachte an seine konsequente Haltung mir gegenüber, wenn ich nur den Ansatz gemacht hatte, ihn ein klitzekleines Stückchen nach rechts oder links zu verbiegen, und weinte weiter.

»Und er braucht das Drama«, fiel mir plötzlich unter Tränen ein.

Wie Recht ich hatte. Auf einmal kamen sie mir alle wieder in den Sinn, die Geschichten vom Anfang der großartigen Liebe.

»Welches Drama?«

Stella fragte, weil sie nichts davon wusste. Soweit ich mich erinnern konnte, hatte ich auch nie mit ihr darüber geredet.

»Er gehört zu den Leuten, die selig sind, wenn die Dinge so liegen, dass man sie erst wieder ins rechte Lot rücken muss, bevor das Leben weitergeht.«

Vielleicht war das ein wenig zu hart ausgedrückt, aber klar war, dass ich weniger anstrengende Subjekte kannte als Siegfried Tietje.

»Du meinst, er braucht Frust? Um zu überleben?«

»Ja, liebste Freundin, so ist die Wirklichkeit!«

Aha, schon erstaunlich, was einem im Moment der Wahrheit in den Sinn kommt. Ich wunderte mich selbst nicht schlecht.

»Auf jeden Fall ist er dann glücklicher.«

»Aha. Hast du ein Beispiel?«

Stella klang milde und interessiert.

Ich überlegte einen Moment, bevor ich antwortete.

»Als wir uns kennen lernten, riefen abends immer irgendwelche Typen und Tussen an. Nur Problemfälle, sag ich dir. Ohne Job, vom Leben gebeutelt, vom liebsten verlassen, Beine gebrochen, Arme verrenkt, Autos kaputt und allesamt erbarmungswürdig. Siggi war jeden

Abend damit beschäftigt zu trösten. Ist das normal, frag ich dich?«

»Eher nicht. Klassisches Helfersyndrom. Machen meist die Typen, die von ihren eigenen Problemen ablenken wollen. Wie ging er denn mit dir um?«

Die Antwort war klar wie das Läuten einer Kirchenglocke am Sonntag.

»Das Gleiche in Grün. Wenn ich Probleme hatte, wenn es mir ausgesprochen mies ging, dann war er für mich da. Wenn ich allerdings alles im Griff hatte, wandte er mir den Rücken zu. Gab es eben nichts zu helfen.«

Ich war aufgesprungen, die Telefonschnur hinderte mich am Herumlaufen. Also saß ich schon wieder, bevor ich sagte: »Ach, was würde ich nicht alles tun, ihn zurückzubekommen.«

Die Tragik meiner Situation blieb mir dabei durchaus nicht verborgen.

Schweigen.

Ich war nun auch still, denn ich fühlte mich zu Tode erschöpft. Tief in meiner Seele.

»Was würdest du denn alles tun?«

Stella klang voller Mitleid.

»Alles!«, konnte ich deswegen auch vollkommen überzeugt von mir geben. »Wirklich alles.«

»Ja, dann schaff doch einfach ein Problem.«

»Wie bitte?«

»Na ja, 'ne Krankheit oder so.«

»Krankheit?«

»Ja. Ist doch klar, wenn du eine schwere Krankheit hast, muss und wird er dir helfen, alles andere gerät dann in den Hintergrund.«

»Komisch, hab ich auch schon mal drüber nachgedacht. Aber was nur?«

»Es sollte etwas sein, mit dem du weiterarbeiten kannst beim Fernsehen.«
Sie klang, als meinte sie es ernst.
Ich musste lachen.
»Was denn zum Beispiel?« Humor schien das Beste für dieses Thema zu sein. Irgendwie gefiel ich mir so auch besser.
»Am besten Krebs!«
»Krebs? Bist du verrückt geworden?«
»Nee, das dauert schön lange. Hüftknochenkrebs zum Beispiel zirka fünfzehn Jahre.«
Sie schien zufrieden mit ihrer Idee, denn stolz fügte sie an: »Fünfzehn Jahre, und oberhalb des Bauchnabels ist nichts, aber auch gar nichts zu sehen.«
»Unterhalb des Bauchnabels humpel ich aber, auch fünfzehn Jahre. Das hält er nie durch. Und ich auch nicht.«
War es noch witzig oder komisch, oder nahm unser Gespräch eine schiefe Tonlage an?
Ich stutzte.
Worüber diskutierten wir hier eigentlich?
Hüftknochenkrebs!
Bekam Stella die Luft in Amerika nicht?
Smog über L. A.
Die Dauer-Dunstglocke.
Kriecht in jede Hirnritze.
»Hhhmm.«
Sie schien ähnliche Gedanken zu haben.
»Hör mal, Stella, also echt, darauf hab ich irgendwie gar keinen Bock«, versuchte ich das Thema zu beenden.
»Nee, lass mal, das bist du auch nicht ... Hüftknochenkrebs ist Mist.«
Sie sollte mir jetzt nur nicht mit einer neuen Variante kommen.

»Soll er lieber abhauen«, bemerkte ich kleinlaut.
»Finde ich auch, wenn er dann glücklicher wird ...«
Stella schien weiter nachzudenken.
»Gibt's noch 'ne andere Chance, ihn zu halten?«
»Ich glaube, nicht!«
Die Schwere des Lebens brach nun wieder über mir herein.
Deswegen holte ich tief Luft, bis ich die gleichmäßigen, pulsierenden Bewegungen in meinem Kopf spürte.
»Ich müsste das Haus wegschenken und in eine Sozialwohnung mit ihm ziehen. Ins Arbeiterviertel, mit vielen einfachen, sympathischen Leuten. Das Auto würde ich einer Wohltätigkeitsorganisation spenden und ab sofort mit der S-Bahn fahren. Meinen Job gäbe ich am besten so schnell wie möglich auf, um dann irgendwo ganz unten, ganz von vorn anzufangen, als Auszubildende im ersten Lehrjahr. Mit einer Menge Stress im täglichen Miteinander, mit widerlichen Abteilungsleitern und Pseudohierarchen. Alles, was nur im Entferntesten nach Unabhängigkeit riecht, müsste ich schnellstens eliminieren. Dann könnte es unter Umständen gut gehen.«
Der Vortrag war ein letztes Aufbäumen, bevor ich in Ohnmacht fallen würde.
»Klar. Für ihn.«
»Hhmm.«
»Meinst du, dass er ohne dich glücklich wird?«
Sie versuchte wirklich alles. Meine liebe Freundin.
»Ich glaube, nicht.«
Wie denn?
Außer, er hätte eine andere.
»Jedenfalls nicht glücklicher als jetzt«, fügte ich schnell an. »Oder bevor er mich kennen lernte.«

Ich lehnte mich zurück in meinen Sessel und besah meine Füße auf dem Tisch.
»Mit Sicherheit wird er nicht glücklicher. Er will es gar nicht, das Glück«, sagte Stella.
Ich nickte.
Wahrscheinlich hatte sie Recht.
»Aber dann ist es zu spät!«
Ich musste schon wieder tief einatmen.
Die Füße wurden dadurch auch nicht schöner.
»Viel zu spät!«
Stella atmete nun aus.
»Genau, und dann isses sein Problem.«
Es sollte nicht trotzig klingen, aber ganz konnte ich es nicht verhindern: »Exakt! Sein Problem!«
»Hör mal, Corinna, trotzdem, du solltest jetzt an dich denken. Der Typ ist weg, und es wurde Zeit. Du hast so viel draufgezahlt im letzten Jahr, hast ihm alle Freiheiten gewährt wie ein Vollidiot. Denk jetzt an dich und sieh zu, dass du wieder anfängst zu leben.«
Kurz, knapp und bündig war ihre Aussage. Zack zack! Wo sie Recht hatte, hatte sie Recht.
Ich stand inzwischen wieder.
Es stimmte einfach, dass ich unglücklich war in den letzten Monaten.
»Corinna, kannst du dich nicht mal umsehen, ob andere Mütter nicht auch ansehnliche Söhne aufgezogen haben?«
»Hä? Wie bitte? Was meinst du?«
Sie hatte mich unterbrochen in meinen Gedanken, und ich fühlte mich etwas überfordert.
»Na ja, gibt es einen anderen Mann, der dich zur Zeit interessiert?«
»Nee, wirklich nicht.«

Also, sie war ja gut. Ich trauerte dem Mann hinterher, mit dem ich eine halbe Ewigkeit Tisch und Bett geteilt hatte, und sie kam mir plötzlich mit anderen Typen.

»Außerdem«, warf ich ein, »kannst du mir mal sagen, wann ich jemanden kennen lernen soll? Ich arbeite doch Tag und Nacht, und den Rest meines Lebens habe ich bis jetzt Siggi geschenkt.«

»Du wirst doch bestimmt ...«

Weiter kam sie nicht, denn ich hatte sie unterbrochen.

»Doch, warte mal, Stella, heute.«

»Was heute?«

Sie verstand nicht.

»Na, heute«, murmelte ich, »hatte ich diesen Gewerkschaftsboss in der Sendung. Der war ziemlich gut.«

»He, Baby, ich spreche hier nicht von Gewerkschaftern oder Außerirdischen, ich rede von Männern, you know? Männer!«

Sie war pretty cool.

»Der war aber ganz okay, wirklich.«

Ich konnte nicht überzeugend klingen nach ihren Totschlagargumenten.

»Also gut, welche Partei?« Ihr Ton klang plötzlich ungeduldig, fast herrisch.

»SPD natürlich«, sagte ich kleinlaut. »Gewerkschafter sind immer in der SPD, sogar in Bayern.«

Das sollte sie eigentlich noch wissen.

»Na, immerhin besser als die ganz Linken.«

Was sollte sie auch sagen, nachdem sie zehn Jahre lang mit einem Kapitalisten verheiratet war?

»Wie sieht er aus?«

Klang schon gnädiger.

»Ganz gut. Groß, dunkel, blaue Augen. Und intelligent ist er, schlagfertig. Und so warmherzig, obwohl er

Gewerkschaftsfunktionär ist. Außerdem ist er mutig und ...«

»Na, nun mach mal halblang. Scheint ja eine gelungene Mischung aus Pierce Brosnan und John F. Kennedy zu sein. Weitere Fakten?«

Ich spürte plötzlich meine Müdigkeit.

»Hör mal, Stella, ich glaube, ich muss schlafen. Bin fix und foxi. Ich rufe dich wieder an, ja?«

»Ja, Engelchen, ich verstehe. Und wenn du meinst, dass ein Gewerkschafter auch ein Mann sein kann, dann probier es doch aus. Hast du seine Telefonnummer?«

Sie war wieder ganz lieblich und warm.

»Ja, er hat mir seine Handynummer gegeben.«

»Oh, wie kam das denn? Üblicherweise sitzen die doch alles aus!«

Frau Lustig.

Etwas einsilbig antwortete ich ihr: »Er war interessiert an einem Buch, über das ich erzählt hatte, dessen Titel mir aber entfallen war. Ich hab ihm gesagt, dass ich nachschauen würde, und er gab mir seine Nummer. So einfach war das!«

»Schatz, ich drücke dir die Daumen. Und ich bin bei dir, begleite dich. Licht und Liebe und Gute Nacht.«

»Danke, Stella, bis bald. Melde mich wieder.«

Ich sprang auf und rannte zu meiner Handtasche. Suchte und wühlte alles durch, um die Telefonnummer zu finden. Irgendwo hatte er sie draufgekritzelt, aber worauf?

Verdammte Ordnung.

Plötzlich fielen mir die Hustentabletten ein.

Jawohl! Auf dieser Schachtel müsste die Nummer sein.

Während er sich nach der Sendung von mir verabschiedete und wir noch kurz über dieses Buch sprachen, hatte ich mir eine der Pillen aus der Schachtel genommen, weil ich eine sich anschleichende, dann aber galoppierende Heiserkeit, wie ich sie aus den letzten Wochen bis zum Eichstrich kannte, befürchtete.
In Ermangelung eines Zettels oder einer Visitenkarte schrieb er die Nummer eben auf den kleinen Karton.
Und den hielt ich nun in der Hand.
Als ich die Zahlen las, fühlte ich ein leichtes Kribbeln im Bauch. Seine Schrift gefiel mir außerordentlich gut. Elf Zahlen hatte ich vor der Nase, und alle elf Zahlen befanden sich im Gleichklang miteinander. Keine, die größer oder kleiner war als die anderen.
Als würden sie sich wiegen, in einem gemeinsamen, harmonischen Rhythmus.
Ich schüttelte den Kopf und reckte mich auf.
»Ja, ja, ist schon gut«, sagte ich zu mir und schüttelte den Kopf noch einmal. »Signora Debila denkt nach.«
Zurück auf dem Sofa, überlegte ich, was ich tun sollte.
Die Sympathie hatte auf beiden Seiten bestanden, das war klar. Er hatte geflirtet wie der Teufel, und ich wunderte mich, dass die Zuschauer so ruhig geblieben waren.
Üblicherweise riefen sie wegen jedem Pups an.
Er hatte sich übrigens auch meine Handynummer geben lassen. Hätte er ja nicht müssen. Also konnte ich doch annehmen, dass ein gewisses Interesse an der Fortführung des Gesprächs auch auf seiner Seite bestand.
Dann konnte eigentlich auch er anrufen.
Er war schließlich der Mann.
Ich konnte durchaus erzkonservative Züge annehmen.

Außerdem, wie sähe es aus, wenn ich bei ihm anklingelte wie eine läufige Hündin, die es kaum abwarten konnte, seine Stimme zu hören?

Ich legte die Arme um meine Knie und starrte auf die Schachtel, die sich vor mir auf dem Sofa befand.

»Peter Fehrtenbach«, flüsterte ich seinen Namen.

Zugegeben, aufregend oder exotisch klang er nicht. Aber Siegfried Tietje war auch nicht viel besser.

Wie verhielt sich das eigentlich bei Gewerkschaftern? Konnten die einfach telefonieren, wie sie lustig waren, oder wurden sie vom Verfassungsschutz überwacht? Vielleicht hatten die Agenten ja seine Handynummer, und wenn ich mit ihm telefonierte, hörten diese Halunken alles mit.

Darauf war ich nun allerdings überhaupt nicht erpicht.

Ich setzte mich gerade hin. Da kam mir der rettende Gedanke.

Das Buch! Na klar. Ich müsste nur das Buch finden, und dann könnte ich ihn ohne Probleme anrufen. War ja so abgemacht.

Mit einem Satz hüpfte ich von der Couch und stürzte mich auf das Regal.

»Trauer und Schmerz müssen erarbeitet werden, sonst haben sie keine Chance, verarbeitet zu werden.«

Matthias saß im Schneidersitz vor mir, seine orangefarbene Pumphose aus leichtem Seidenchangeant fiel anmutig über das Meditationskissen, auf dem er es sich komfortabel gemacht hatte.

»Corinna, du musst dir Zeit nehmen zum Weinen. Fühl tief in dich hinein und erlebe dein Unglück intensiv.«

Du liebe Kanne. Das hatte mir gerade noch gefehlt.
Ich hatte mich von Bébé, meinem besten Freund, breitschlagen lassen, diese unsinnige Therapie zu beginnen.
Bébé war ein äußerst erfolgreicher Schriftsteller und der Öffentlichkeit vor einigen Jahren durch seine Trilogie über die Kunst des Mordens aufgefallen. Alle Arten hatte er detailliert beschrieben, die charakterlichen Eigenheiten der Mörder dazu erläutert, Beispiele aus der Historie gefunden und an Beispielen von Menschen des öffentlichen Lebens klargemacht, wer zu welcher Art des Tötens fähig wäre. Vom Bundeskanzler bis hin zu Uschi Glas war niemand verschont geblieben, und der Volkszorn hatte sich hochgekocht.
Die Kritiker überschlugen sich. In zahlreichen Sendungen und Zeitungsartikeln wurde rechts und links und quer und gerade rezensiert, und man war sich einig darüber, dass man es bei dem Autor eindeutig mit einem Genie zu tun hatte.
Leider war Bébé wahnsinnig, und jedes Mal fragte ich mich wieder, wann ich das endlich begreifen würde, damit ich nicht ständig von einem Elend ins nächste rennen musste, wenn ich auf seinen »advice«, wie er es zu nennen pflegte, hörte.
»Herzblatt, deine Probleme sind so immens, dass du sie unmöglich alleine bewältigen kannst«, hatte er mich am Telefon beschworen. »Es ist nicht einfach irgendwie abzutun, wenn ein geliebter Mensch dich verlässt.«
Er lebte teils an der englischen Küste, teils an der bretonischen und manchmal auch auf dem Mond.
Und meine Telefonrechnungen fielen zurzeit alles andere als harmlos aus, weil ich ihn liebte wie keinen anderen Freund und ihn zurzeit drei Mal täglich brauchte,

um mich auszuheulen, wie man eine Medizin bei Fieber braucht.
Grundlagendiskussionen zur Einleitung einer Therapie konnte man es nennen, oder wie löchere ich meinen besten Freund am nachhaltigsten?
»Seit zehn Jahren bin ich bei Matthias, du weißt es. Ich sehne mich nach seinen Ratschlägen, bevor ich überhaupt das Airplane bestiegen habe.«
Er klang überzeugt, wie immer, wenn er von diesem Nervenarzt sprach, und ich hatte mit Verwunderung beobachtet, dass er nur wegen einiger seelischer Aufbaustunden seit Jahren extra in dieses unser Land einflog.
Bébé war wundervoll und mit nichts und niemandem vergleichbar. Niemals zuvor hatte ich einen Menschen getroffen, der so lebte wie er. Alle Gefühle, die jeder einzelne Mensch im Laufe seines Seins zur Verfügung hatte, erlebte er bewusster als jeder andere.
War er fröhlich, steckte er auf der Stelle alle damit an. Trauerte er, dachte man unwillkürlich darüber nach, wie schlecht es einem selber auch ging. Liebte er jemanden wie mich, war seine ungebrochene Treue sicher.
Er war großzügig, weise, hatte Bildung, Lebensart und Stil.
Oft fragte ich mich, warum ich nicht einfach zu ihm ging, um glücklich zu werden. Aber erstens hatte er nicht alle Tassen im Schrank, und das könnte anstrengend werden, und zweitens hatte er eine Freundin, mit der er seit Jahren zusammenlebte.
»Er ist ein wirklich guter Mann, der Matthias, du weißt es doch …«, wiederholte er.
Und wie ich es wusste. Tagelang vorher und Wochen danach partizipierte ich von seinen neuen Erkenntnis-

sen, wenn er bei dem Therapeuten gewesen war. Es waren unglaublich interessante Thesen, mit denen Bébé von ihm konfrontiert wurde, und ich spürte hin und wieder, genau wie er, so etwas wie eine innere Erleuchtung, nachdem wir Stunden geredet und philosophiert hatten.

Es stimmte schon, dass durch Matthias einiges für Bébé einfacher wurde.

Dennoch fragte ich mich manchmal, warum mein bester Freund nach so langer Zeit immer noch in Behandlung war.

Möglicherweise war sein Zustand kritischer, als ich dachte.

Meiner wurde es gerade in diesem Augenblick, als Matthias mich nun aufforderte, tief hineinzutauchen in die unendliche Misere.

Ich wusste, manche Leute fingen ganz harmlos an, mit einer normalen Therapie, und landeten dann, einige Zeit später, ohne viel Aufhebens für immer in der Klapsmühle.

Schleichende Katastrophe also.

Was war, wenn ich aus meiner Depression nicht herausfand und ebenfalls im Irrenhaus endete? Die Sache war gefährlicher, als sie aussah, denn wenn sich Freunde, Verwandte und Kollegen daran gewöhnt hatten, dass man sich mit Therapeuten und Analytikern umgab, um seine kranke Seele gesunden zu lassen, dann würde es ihnen am Ende gar nicht auffallen, wenn der Wagen vorgefahren käme und man für immer verschwände.

War Bébé nicht ein gutes Beispiel dafür, dass die Ärzte letztlich gar nichts ausrichteten, sondern eher anrichteten? Schaden anrichteten, der es dem Patienten nicht erlaubte, in ein normales Leben zurückzukehren?

Nun kannte ich Bébé erst seit sieben Jahren, wusste also nicht, ob er vor Beginn der Therapie eine größere oder eine kleinere Schramme am Karton gehabt hatte.
Den Schmerz zulassen und tief erleben.
Genau das war es, was ich absolut nicht wollte.
»Corinna, schätze dich glücklich, in eine Situation deines Lebens geraten zu sein, die es dir ermöglicht, diese tiefen Erlebnisse fühlen zu dürfen«, sang Matthias feierlich.
Danke!
Vielen Dank, liebes Schicksal! Das hast du großartig hingekriegt.
»Corinna, ganz selten wird dir eine Begebenheit wie diese zuteil.«
Ja, noch mal! Das war auch gut so!
Wenn mich mehr als einmal im Halbjahr ein Kerl in die Wüste schicken würde, wäre ich bereits tot. Das hielt der stärkste Seemann nicht aus.
Und deswegen, liebes Schicksal, wollte ich diesen Fall auch so schnell wie möglich ad acta legen.
Und deshalb, um noch genauer zu werden, hatte ich mich zu dieser gottverdammten Therapie überreden lassen.
Damit ich ihn loswurde, den Schmerz. Und ihn nicht unnützerweise noch krampfhaft festhielt und inbrünstig hineintauchte.
Matthias blickte mich freundlich an. Er hatte wirklich wunderschöne himmelblaue Augen.
Leider war er stockschwul.
Bébé hatte es erzählt.
»Du siehst skeptisch aus, Corinna. Was fühlst du in diesem Moment?«

Ich stöhnte und spürte die Ungeduld, die sich gerade in meinem Dekolleté ausbreitete, in Form von riesig großen, hektischen Flecken. Auch etwas, das ich heiß und innig an mir liebte.
Nichts war unsouveräner, als einen krebsroten Hals inklusive tief lila gefärbtem Brustansatz zu bekommen.
Danke, Mama!
Und Oma!
Familie Empfindlich lässt grüßen.
Man nannte sie auch die Pigmentlosen.
»Nun?«
Matthias fragte äußerst geduldig, aber dafür war er schließlich auch Psychotherapeut.
»Ach, ich weiß nicht«, fing ich an, ohne auch nur im Geringsten zu ahnen, was ich weiter erzählen sollte.
»Schildere mir deine Empfindungen. Wie geht es dir gerade? Bist du traurig? Glücklich? Oder bist du wütend? Du musst nur in dich hineinfühlen.«
»Hör mal, Matthias. Ich fühle mich einfach, wie soll ich sagen, unsicher!«
Das war doch eine prima Beschreibung, ja genau, das traf den Punkt.
Er schien zu verstehen, denn nun hakte er nach.
»Was macht dich unsicher?«
»Also, um ehrlich zu sein ...«, druckste ich nun wieder herum. »Ich weiß nicht, was ich hier soll.«
Puh, das war draußen.
Matthias blieb die Ruhe selbst, während plötzlich mein Bauch juckte. Außerdem hörte ich ein lautes Glucken, das ebenfalls aus dieser Ecke kam.
»Es passiert einiges mit dir, das kann man hören«, lächelte er milde. »Das sind losgelöste Emotionen.«
Ach, wie weise!

Ich hatte vorher Radieschen gegessen und Apfelsaft darauf geschüttet, und eigentlich war der Fall klar.
Aber bitte, wie er meinte. Losgelöste Emotionen also.
»Ich meine«, fuhr ich fort, »ich glaube nicht, dass ich eine Ganzheitstherapie benötige, sondern ich will mal wieder drei Minuten am Stück an etwas anderes denken können als an Siegfried.«
Eigentlich ein logisches Ansinnen.
Ich blickte von meinen Schuhspitzen auf, schaute ihm aber nicht ins Gesicht, denn nun zitterte plötzlich mein Kinn.
Klar, das hatte auch noch gefehlt. Fräulein Selbstmitleid war unterwegs, das Opfer.
Für Matthias kein unlösbarer Fall, denn natürlich erkannte er bereits im Ansatz, was jetzt abgehen sollte, und zweitens hatte er für solche alltäglichen Notfälle eine riesige Rolle fliederfarbenen Toilettenpapiers neben sich stehen.
Gutmütig riss er einen Meter ab und reichte ihn mir.
»Danke«, schnäuzte ich hinein, um die Schleusen zu öffnen und seine Praxis zu überfluten.
Ich gab mich dem Schmerz hin wie selten zuvor.
Sah mich mit Siggi zusammen in unserem ersten gemeinsamen Urlaub, im offenen Auto bei herrlichem Wetter an der Côte d'Azur. Dann skateten wir in New York und fielen unvermittelt hin, damals übereinander, direkt an einer Bushaltestelle, und Dutzende von Aussteigenden waren über uns gestolpert.
Sah mich in seinen Armen beim Fernsehgucken. Dann im Bett.
Ich spürte seine Hände, seine warmen Küsse, roch seine Haut, sah in sein Gesicht, in seine Augen.

Ich versank und versank bis in den tiefsten Punkt meiner Seele hinein, heulte, tonlos schreiend.
Der Therapeut hatte sich, ohne dass ich überhaupt die geringste Ahnung davon hatte, was er in diesem Augenblick über mich dachte, nicht vom Fleck gerührt. Vielmehr studierte er, während ich mich so gehen ließ wie nie zuvor in meinem Leben, ein riesiges Bild, das ausschließlich aus einem wirren Mischmasch an Leuchtfarben bestand und ihm direkt gegenüber an der Wand hing.
Ich war mir nicht sicher, ob es ganz normal war, bei einem Psychiater so loszuheulen, oder ob es schlechter um mich stand, als ich ahnte.
»Tschuldigung«, schluchzte ich, als ich merkte, dass mein Ausbruch allmählich dem Ende entgegenging, und versuchte mir mit einem Stück Klopapier den verschmierten Kajal wegzutupfen, der mit Sicherheit noch, gleichmäßig im Gesicht verteilt, Spuren zurückgelassen hatte.
Unter den Augen niemals drücken oder wischen, sondern nur leicht abklopfen, sonst hast du dort bald die Lederhaut einer Schildkröte. Dort nämlich ist die Struktur der Poren vier Mal zarter als am Hals und fünfunddreißig Mal dünner als am Ellenbogen.
Wenn ich Alexandra nicht gehabt hätte.
Sie war die hinreißendste, bestaussehende Frau auf der ganzen Welt und wusste alles über Schönheit, Taktik mit Männern und Tricks des Kaschierens, ob es die Figur oder aber eine besondere Strategie betraf.
Die könnte ich übrigens auch mal anrufen.
Vielleicht besser, als mit einem schwulen Therapeuten über meine Probleme zu reden. Wie sollte der schließlich nachvollziehen, was zwischen Mann und Frau an komplizierten Beziehungen abging.

»Na, es scheint ja wieder zu gehen.«
Matthias war zurück im Blickkontakt mit mir, und nichts schien ihm unangenehm gewesen zu sein, was, zugegeben, eine leichte Entspannung in mir auslöste.
Er lehnte sich zurück, trank einen Schluck aus einem riesigen grauen Steingutbecher, in dem sich bestimmt Johannisbeerkräutertee befand, und smilte.
Ich lehnte mich ebenfalls an die Sessellehne zurück, stieß den letzten Hauch über einen feinen Pfeifton aus und war über den Berg.
Vorerst zumindest.
»Was hältst du davon, wenn wir einige Atemübungen machen?«
Er wies dabei auf eine Matratze, die mitten im Zimmer lag und bei deren Anblick ich anfangs schon befürchtet hatte, dass es so kommen würde, wie es jetzt kam.
Sie sah aus, als hätte sie bereits eine Menge Elend mitgekriegt, und das Sofa, das sich seit etwa fünfunddreißig Jahren im Wohnzimmer meiner Großmutter befand und das ich als kleines Kind etliche Male eingenässt hatte, erweckte in meiner Erinnerung größeres sagrotanes Wohlbehagen in mir.
Matthias deutete noch einmal hinunter, und ich stand auf, um mich zögernd dorthin zu bewegen.
»Du kannst sagen, wenn du nicht magst«, schien er meine Gedanken zu erraten. »Dann machen wir etwas anderes.«
Freundlich sah er mich an und faltete die Hände über den orangenen Knien.
»Nein, nein«, murmelte ich zurück. »Ist schon gut.«
Obrigkeitshörigkeit gehörte genauso zu meinen Stärken wie die ewige Flennerei.
»Am besten, du ziehst deine Schuhe aus und legst dich mit dem Kopf hier oben hin.«

Genauso hatte ich es auch vor, bis auf die Schuhe.
Ich überlegte kurz, welche Strümpfe ich anhatte, bis mir einfiel, dass ich aus Zeitgründen gar keine trug und meine Fußnägel nicht frisch lackiert waren.
Wann hätte ich das denn auch noch machen sollen?
Keine Ahnung, ob Schwule auf pedikürte Füße standen oder ob es ihnen egal war.
Mir sollte es eigentlich auch am verlängerten Rücken vorbeigehen, denn schließlich wollte ich ihm nicht gefallen, sondern von einer schweren seelischen Krankheit geheilt werden.
Trotzdem, die Füße müssten bei der nächstbesten Gelegenheit drankommen.
Sie sahen übrigens schlimmer aus, als ich dachte, und so versuchte ich sie gegenseitig zu überdecken, was ziemlich verklemmt wirken musste.
Egal. Ich war hier beim Irrenarzt, da spielte das auch keine Geige mehr.
»Wir öffnen den Mund und atmen tief und laut ein, am besten so: Hach!«
Er war unvermittelt laut geworden, und ich prallte etwas zurück.
Dann machte er eine kurze Pause, und als der Mund den größtmöglichen geöffneten Zustand erreicht hatte und er etwa aussah wie ein aufgehängter Karpfen, stieß er den Atem mit gut zehn Dezibel Power wieder aus, so dass ich zusammenzuckte:
»Huh!
Hach!
Huh!«
Er warf den Kopf in den Nacken und feuerte mich mit geschlossenen Augen an: »Komm, Corinna, du auch!«
Nun brüllte er:

»Hach!
Huh!
Hach!
Huh!
Hach!
Huh!«
Ich tat es ihm gleich und lag kurze Zeit später, getrennt von der Außenwelt und dem, was das Leben so ausmacht, schwer röchelnd auf der dicken Matte, um den großartigsten Mann dieser Erde freizugeben und mich selbst endlich wieder zu finden.

»Du siehst fantastisch aus, Corinna.«
Siegfried hatte eine appetitliche Latte macchiato vor sich auf dem Tisch.
»Danke, du auch.«
Ich setzte mich und ärgerte mich schon wieder über mich.
Im allerersten Moment des Wiedersehens also hatte ich bereits einen kapitalen Fehler gemacht.
Anstatt das Kompliment lächelnd einzukassieren, gab ich es ungebraucht zurück. Anstatt weiblich und geheimnisvoll zu wirken, machte ich einen auf selbstloser Kumpel.
Mensch, noch mal, Feldmann.
Alexandra würde sich in diesem Moment kopfschüttelnd von mir abwenden, das war klar.
Während ich meine Tasche über die Stuhllehne hing, musterte ich ihn.
Ich hatte Recht, er sah unglaublich gut aus.
Seine grünen Augen blitzten im dunkel gebräunten

Teint, seine Haare waren etwas länger geworden und bildeten leichte Wellen, die sein schönes, schmales Gesicht beinahe altgriechisch einrahmten.
Immer wenn Siggi zum Frisör wollte, war eine anstrengende Diskussion entbrannt. All seine Freunde in der Mucki-Bude trugen die Haare nämlich raspelkurz, das passte besser zum Waschbrettbauch. Aber erstens liebte ich seine Locken, und zweitens klappte es mit seinem Bauchtraining eh nie so richtig.
Er wirkte süß mit längerem Haar, fand ich, während bei dem kurzen Cut hinten manchmal seine Kopfhaut etwas durchschimmerte. Nie wagte ich es, ihm das zu sagen, ich beschränkte mich immer auf dumme Erklärungen wie: Das steht dir nun mal besser. Oder: Als wir uns kennen lernten, hattest du die Haare auch länger.
Aber den Kumpels an den Hanteln hatte er meist mehr Kompetenz in dieser Frage eingeräumt als seiner leibeigenen Freundin.
Kaum jedoch war ich aus seinem Leben, wucherten die Locken wieder.
Typisch.
Typisch Siegfried und ich.
Wäre ich durch die Therapie nicht seelisch so gestählt, hätte ich sein Handeln wohl schon wieder für vorsätzlich gehalten und wäre nach der ersten Minute unseres Treffens am Boden zerstört gewesen.
»Ich hätte gerne einen Averna.«
Vielleicht etwas schrill, aber immerhin lächelnd hatte ich es dem Kellner mitgeteilt und dann die Hand unter das Kinn gestützt, während ich mein Gegenüber anzugrinsen versuchte.
Siegfried zog eine Augenbraue hoch. »Du trinkst Alkohol am hellichten Tag?«

Das gehörte tatsächlich nicht zu meinen Gewohnheiten, die er kannte.
Und, um ehrlich zu sein, hätte ich auch lieber Kaffee bestellt.
Aber in diesem Moment wurde ich von einer Kraft geleitet, die mir unbekannt war. Und die bestellte eben den italienischen Aperitif.
Ich war zufrieden mit mir, sehr zufrieden sogar.
Ich hatte den Mann, der mich nach all den Jahren so gut kannte oder es zumindest annehmen musste, durch diese einfache Geste verblüfft.
Ich setzte noch eins drauf, indem ich seinen Einwand einfach zu überhören schien und mich entspannt zurückfallen ließ.
Körpersprache war in solchen Momenten von immenser Bedeutung.
In einem Interviewseminar hatte ich gelernt, dass man sein Gegenüber zwingen konnte, einem zu folgen, gestisch und inhaltlich, wenn man es geschickt anstellte.
Wenn man sich zum Beispiel nach hinten lehnte und etwas leiser sprach, musste der andere mit dem Oberkörper hinterherkommen.
Das passierte in den meisten Fällen ganz unbewusst und natürlich, man wollte den anderen ja verstehen.
Siegfried beugte sich zu mir herüber.
»Am Wochenende komme ich mit Lars und Dieter, um meine Sachen zu holen.«
Er lehnte sich sofort wieder zurück, während er laut überlegte, ob ich dabei anwesend sein sollte oder wir eine Zeit ausmachen wollten, in der ich ihm das ehemals gemeinsame Terrain überließ.
Er wollte also seine Sachen holen!
Ich nahm einen tiefen Schluck.

Seine Spuren verwischen.
Noch einen.
Der Alkohol tat gut.
Für immer aus meinem Leben verschwinden, in dem er nichts zurückließ.
Den Kopf in den Nacken gelegt, trank ich das Glas leer, bis mir die Eiswürfel auf die angemalten Lippen fielen.
Schnell stellte ich es ab und angelte die Zitronenscheibe heraus.
Wie ich mich vor diesem Moment gefürchtet hatte.
Dann wäre ich wirklich allein.
Und verlassen.
Plötzlich begann es unterhalb meines Mundes zu beben.
Bitte nicht das.
Nicht jetzt losheulen.
Siggi schien etwas zu merken, denn er verdrehte die Augen Richtung Stuckarbeiten. Es war unser eingebranntes Ritual, es war meine Art, die Ohnmacht, die ich ihm gegenüber stets gespürt hatte, zum Ausdruck zu bringen. Wie an der Schnur gezogen, immer nur in diese eine Richtung.
Jahrelang hatte ich an dieser Stelle losgeflennt, und jahrelang war er genervt gewesen.
Das durfte heute auf keinen Fall geschehen.
Ich wollte es nicht!
Ich wollte einfach nicht weinen!
Matthias und seine Atemübungen fielen mir plötzlich ein, während ich mir die Unterlippe zerbiss, meine Fingernägel betrachtete und mich zur Ruhe zwang.
Er war so freundlich gewesen, mir Tipps mit auf den Weg zu geben, mit denen ich solche Situationen künftig besser in den Griff kriegen sollte.

Leise und unmerklich tief ein- und ausatmen, zum Beispiel.
Dabei könnte ich die Hand auf den Solarplexus, das so genannte Sonnengeflecht, legen, das sich unterhalb des Brustkorbs befand.
»Hach!
Huh.«
Siggi konnte es nicht hören, so leise machte ich die Übung.
»Hach!
Huh!«
Dabei dachte ich an den bunten Tausendfüßler.
Matthias hatte mich in der Therapie gefragt, wie mein Kummer aussehe. Ich sollte eine Figur beschreiben, die mir in den Sinn käme, während ich weinte. Und es war eben ein bunter Tausendfüßler aus gestrickter Wolle gewesen, den ich plötzlich vor meinem geistigen Auge entdeckte. Als kleines Kind hatte ich ihn von meiner Cousine geschenkt bekommen.
»Du musst ihn zulassen und lieb gewinnen, den Schmerz. Du musst den Tausendfüßler in deinem Leben akzeptieren, mit ihm reden und ihn gut behandeln.«
Also hatte ich das imaginäre Gliedertier gestreichelt und mich beruhigt.
Das gelang mir nun, in diesem Moment, wie durch ein Wunder ebenfalls.
»Hach!
Huh!«
Ein wohliger Schauer durchströmte meinen Körper, während der Heulanfall die Flucht antrat.
»Hach!
Huh!«
Ich wurde ruhiger.

Die Sonne schien zum Fenster herein, und ich spürte sie auf meinem Gesicht.
»Hach!
Huh!«
Wärme erfüllte mich.
»Hach!
Huh!«
Ich liebte meinen Tausendfüßler.
Und ich liebte Matthias.
»Hach!«
Morgen würde ich die nächste Therapiestunde abmachen.
»Huh!«
Nein, besser gleich nachher.
Für morgen schon.
Ich setzte mich gerade hin und blickte meinem Ex-Freund fest in die Augen.
»Huh!«
»Nenn mir eine Zeit«, forderte ich ihn höflich-freundlich auf, während ich auf der Zitronenschale herumkaute.
»Ich werde dann nicht anwesend sein.«
Dabei blickte ich auf meine Armbanduhr.
»Oh, schon so spät. Ich muss los. Kannst mich ja anrufen, wenn du weißt, wann du kommst.«
Schnell sprang ich auf, hauchte meinem verdutzten Gegenüber ein flüchtiges Küsschen auf die Wange und verschwand mit meinem neuen Freund, dem bunten Tausendfüßler, aus seinem Blickfeld.

»Dein Lieblingsgewerkschafter hat eine E-Mail geschickt, Corinna.«
Susanne, die Redaktionssekretärin, wedelte mit einem Bogen Papier unter meiner Nase herum.
»Wie bitte?«

Ich verstand zuerst nicht.
»Er schreibt, er warte auf deinen Anruf. Es geht um irgendein Buch.«
Sie gab mir den Zettel.
»Hier, lies selber.«
Erwartungsvoll schaute sie mich an, während ich die kleine Schrift entzifferte.
»Liebe Frau Feldmann … gefiel es mir sehr gut in Ihrer Sendung … und wollten mir doch den Titel des Buches mitteilen … vielleicht haben Sie meine Nummer nicht mehr … hier ist sie noch einmal …
Herzlichst, Ihr Peter Fehrtenbach.«
Ungläubig schaute ich die hübsche Susanne an.
»Das ist ja fantastisch.«
Noch einmal las ich den Text.
»Herzlichst, Ihr Peter Fehrtenbach.«
Ich war entzückt.
Ihr Peter Fehrtenbach.
Mein Peter Fehrtenbach.
Ich musste mich setzen.
Susanne starrte mich immer noch an, als ob ich nicht alle Tassen im Schrank hätte. Gleichzeitig schien sie die Magie des Moments zu bemerken, und das wollte sie mir wohl signalisieren, als sie plötzlich mit verschwörerischer Miene sagte: »Von mir erfährt niemand etwas. Ich schweige wie ein Grab.«
Dann drehte sie sich, als wäre der Fall bereits erledigt, abrupt um und schenkte sich aus der großen Thermoskanne einen Becher Kaffee ein.
»Mir auch einen, bitte.«
Ich nahm einen großen Schluck.
»Susanne, kannst du mich einen Moment alleine lassen? Ich muss mal schnell telefonieren.«

»Klar, Schatz.«

Sie kniff ein Auge zu und sagte im Hinausgehen: »Fünf Minuten. Mehr nicht. Alles andere wäre unanständig.«

Kichernd schloss sie die Tür und winkte mir durch die verglaste Wand noch einmal zu.

Wieder also saß ich vor seiner Telefonnummer und eierte herum.

Neulich Abend hatte ich es natürlich nicht mehr gewagt, ihn anzurufen, obwohl ich den Buchtitel längst gefunden hatte.

Er war immerhin Gewerkschaftsboss.

So einem telefoniert man als anständige Frau nicht einfach hinterher.

Dabei war er mir ausgesprochen sympathisch gewesen.

Er war so klar. Ohne Schnörkel. Trotzdem menschlich und freundlich.

Und sein Gesicht hatte mir gefallen.

Sein offener Blick, die schönen blauen Augen.

Die Spitzbübigkeit, mit der er versucht hatte, mich zu zwingen, ihn länger anzusehen, als ich es wollte.

Schon erstaunlich, wie ich parallel zu der einen vergehenden Liebe ein derartiges Interesse für einen neuen Typen aufbringen konnte.

Pass auf, dass du den Nächstbesten nicht gleich wieder so glorifizierst, hatte meine Mutter gemahnt, als ich ihr mitteilte, dass Siggi nicht ihr Schwiegersohn werden würde.

Also, davon war ich in diesem Fall wirklich weit entfernt.

Wenn jemand so kritisch wie ich Makel im Frühstadium erkannte, ganz rational und überlegt, bestand diese Gefahr wohl kaum.

Den leichten Ansatz zur Korpulenz des Mannes hatte

ich beispielsweise auf den ersten Blick glasklar erfasst. Und dass ich diesen Umstand beinahe freudig begrüßte, lag einzig und alleine in der berechtigten Hoffnung, dass seine Glückseligkeit nicht ausschließlich von Hanteln und Streckbänken abhängig sein würde.
Außerdem: Ein Mann ohne Bauch war wie ein Himmel ohne Sterne!
Hatte ich vor Jahren mal gehört, den Spruch, und bei Männern, die Figurprobleme hatten, kam er immer bestens an.
An seine stahlblauen Augen hatte ich in letzter Zeit oft denken müssen, und an die langen schwarzen Wimpern, die sie wie dunkle Sternenstrahlen einrahmten.
Das aber nur, weil sie wirklich besonders faszinierend wirkten.
Tja, Siggi, andere Mütter haben auch schöne Söhne.
Ich beugte mich noch einmal über die E-Mail.
... vielleicht haben Sie meine Nummer nicht mehr ...
War das nicht die Aufforderung, ihn sofort anzurufen?
Es konnte gar nicht anders sein.
Umgekehrt hätte ich es genauso gemacht, wenn ich jemanden unbedingt wiedersehen wollte.
Eigentlich klang es sogar wie eine Bitte.
Oder?
Vielleicht ging es ihm doch nur um das Buch?
Ich stöhnte und kratzte mir mit hastigen Bewegungen die Kopfhaut.
Penetrant genug hatte ich es ihm ja angepriesen an dem Abend nach der Sendung.
»Meine Bibel«, hatte ich geflötet.
Seit langer Zeit waren die Thesen, die ein amerikanischer Schriftsteller im vergangenen Jahrhundert in einem Anfall von absoluter intellektueller Brillanz und

ausgefallenstem sprachlichem Genie zusammengetragen hatte, meine heiligen Gebote.
»Das Leben ist wahr!«
Den Titel kannte ich in- und auswendig, und warum er mir damals entfallen war, wussten die Sterne. Wahrscheinlich hatten sie das Kommando an besagtem Abend übernommen und lenkten mich absichtlich in diese eine Richtung.
Ich rückte das Telefon in greifbare Nähe und trank noch einen Schluck Kaffee.
Dann atmete ich tief durch, räusperte mich, nahm den Hörer in die Hand und wählte die Nummer.
Der Ruf ging durch.
»Hach.
Huh!«
Warum sollte es mir jetzt nicht helfen?
Zustimmend grinste mich der Tausendfüßler an.
»Huh!«
»Vorzimmer Dr. Fehrtenbach, König, was kann ich für Sie tun?«
Eine weibliche Stimme, die beamtliche Distanz durch die Leitung sandte.
»Hm, guten Tag, Frau König, hier ist Corinna Feldmann vom Norddeutschen Rundfunk.«
Ich schwieg kurz, denn vielleicht wusste sie ja Bescheid und hakte gleich ein.
Wusste sie wohl nicht, denn sie schwieg.
»Herr Dr. Fehrtenbach war kürzlich in meiner Sendung.«
Wieder hielt ich inne.
»Ja?«
Sonderlich interessiert schien sie nicht zu sein.
»Er bat mich, einen Buchtitel für ihn zu recherchieren.«

Recherchieren klang unglaublich journalistisch, fand ich in diesem Moment.
»Aha.«
»Tja, ich hätte ihn nun für ihn gefunden. Kann ich Herrn Dr. Fehrtenbach einmal sprechen, bitte?«
»Nein, tut mir Leid. Er ist in Berlin. Trifft sich mit Bundespolitikern. Es geht um die Rentenreform, Sie wissen ja.«
Klar, wusste ich. Wir berichteten ja täglich wie die Wahnsinnigen darüber, sowohl in den Nachrichten als auch in sämtlichen Talk-Sendungen.
Jeden Tag, den Gott werden ließ, war ein Fachmann oder Experte zugegen, der sich dazu äußerte:
Montag war es ein verkniffener, vertrockneter Wirtschaftswissenschaftler gewesen, Dienstag eine übergewichtige Politikerin, Mittwoch ein langweiliger Zeitungsjournalist ohne jegliche Fernseherfahrung, der die ganze Zeit über auf den Monitor auf der Erde gestarrt hatte anstatt in die Kamera in Augenhöhe, was ihm einen seltsam abwesenden Eindruck verliehen hatte, Donnerstag war es ein Radiomoderator gewesen, übrigens mit einem typischen Radiogesicht, Freitag ein Bauer aus Niedersachsen, der sich ebenfalls Gedanken zu diesem Thema gemacht und sogar Schweine und Hühner mit einbezogen hatte in seine Überlegungen.
Rentenreform, ja, ja, unheimlich wichtig!
»Sie können mir den Titel mitteilen, ich werde ihn an Dr. Fehrtenbach weiterleiten.«
Na, prima.
Das hatte mir gerade noch gefehlt.
So weit würde es nicht kommen, dass diese Schnecke mich jetzt hier abwimmelte.
Sag nie Ja, wenn du Nein sagen willst.
Ein herrliches Lebensmotto.

Mein Lebensmotto.
Manchmal nur nicht so einfach.
»Also, ehrlich gesagt, es gibt noch einige Randinformationen dazu, die ich für ihn gesammelt habe. Die müsste ich ihm schon selbst mitteilen.«
Ich klang etwas energischer, was wohl auch dringend nötig war, denn die König hatte eine neue Idee: »Sie könnten es kurz aufschreiben und hierher faxen, Frau Feldmann. Oder mailen. Sobald er kommt, werde ich ihm Ihre Information aushändigen.«
Nein!
Ich sage Nein!
Hach!
Huh!
Der Tausendfüßler deutete warnend mit seinem vierundzwanzigsten Zeigefinger auf mich.
»Wann erwarten Sie Herrn Fehrtenbach zurück?«
Kurz und knapp war das. Tough nannte man es in gewissen Kreisen.
»Keine Ahnung!«
Das war auch nicht schlecht. Fast schon unhöflich. Genau betrachtet, war es eine Unverschämtheit, mir eine solche Antwort zu geben.
Wahrscheinlich war sie verknallt in ihn und biss alles aus der Leitung, was auch nur im Entferntesten weibliche Züge hatte.
Diese Sorte kannte ich bis zum Erbrechen. Im Laufe der Jahre hatte ich jedoch eine Immunität gegen Exemplare dieser Art entwickelt.
Okay, wenn es nicht so herum ging, dann eben anders.
Es war eine Stärke von mir, vorne hinausgeworfen zu werden und unbemerkt durch den Hintereingang wieder reinzuschleichen.

Ich hatte ja seine Handynummer.
Tschüss, Schnepfe, dann eben ohne dich!
»Vielen Dank. Richten Sie ihm schöne Grüße von mir aus, ich melde mich wieder.«
Uff.
Wo war meine Tasche?
Wo war das Notizbuch, in das ich die Nummer natürlich längst eingetragen hatte?
Hastig blätterte ich.
Einmal Hach!
Da war sie.
Einmal Huh!
Los ging es.
Ich sah auf die Uhr.
Halb zwei.
Vielleicht war er beim Essen?
Er konnte sich wohl kaum den ganzen Tag ohne Pause um die Rentenreform kümmern.
Außerdem war bekannt: Politiker, Wirtschaftsbosse und Gewerkschafter waren aus ein und demselben Holz geschnitzt. Sie kamen nie zu kurz. Sie wussten zu leben. Und die meisten waren zu dick. Von den Sechs-Gänge-Menüs. Und dem Bordeaux. Und den französischen Desserts. Oder den italienischen. Mascarpone. Mit Waldbeeren.
Ein bisschen gehörte er ja schließlich auch dazu.
0173-24 …
Tut.
Der Apparat war nicht abgeschaltet.
»Fehrtenbach!«
Nach dem ersten Signal war er in der Leitung.
Ich spürte mein Herz bis zum Hals.
Merkte, wie ich plötzlich keine Luft mehr bekam.

An Atemtechnik war überhaupt nicht zu denken.
Schon gar nicht an ein differenziertes Hach!
»Hallo, Herr Dr. Fehrtenbach. Hier spricht Corinna Feldmann.«
Alle Kraft der Welt hatte ich zu bündeln versucht, um einigermaßen geradeaus sprechen zu können.
»Frau Feldmann, das ist aber eine Überraschung.«
Er rief meinen Namen nun etwas lauter als vorher seinen eigenen.
Das konnte zum einen an den Hintergrundgeräuschen liegen, die er übertönen wollte, mochte jedoch ebenso ein offener Ausdruck von Freude gewesen sein, was ich in diesem Moment dringend favorisiert hätte.
»Ich habe eine E-Mail bekommen«, stotterte ich jetzt herum. »Ich meine, Ihre E-Mail.«
Oh, heaven.
Und so was nannte sich Fernsehmoderatorin.

»Stella, ich bin mit ihm verabredet!«
»Engelchen, weißt du, wie spät es ist?«
Ihre Stimme klang verschlafen.
Ich sah auf die Uhr.
Zwölf Uhr mittags.
Scheibenkleister, neun Stunden zurück: In Los Angeles war es drei Uhr morgens.
»Oh, sorry, Stella. Ich glaube, ich meine, ich scheine etwas durcheinander zu sein. Melde mich später wieder. Schlaf schnell weiter.«
»Halt, halt, halt! Ich war ohnehin gerade wach geworden. Durch das Telefon«, fügte sie scherzhaft hinzu. »Mit wem bist du verabredet? Mit Siggi?«

»Nein, mit dem Gewerkschaftsmenschen. Du weißt schon, dem aus Baden-Württemberg.«

In irgendeiner dieser zahllosen Nächte, die ich vor lauter Selbstmitleid nicht hatte schlafen können, hatte ich meine geplagte Freundin unter anderem ständig mit neuen Fakten über diesen Mann vollgetextet, die in der Presse über ihn zu finden waren.

Verheiratet, geschieden, vier Kinder, die er selten sah, weil er häufig verreiste, und so weiter.

Sie war also im Bilde. Und hatte klargemacht, dass sie von Gewerkschaftern, Politikern und Apparatschiks jeder Art nicht sonderlich viel hielt.

»Geht ihr essen?«

Das liebte ich an Stella. Sie konnte jederzeit über ihren Schatten springen, auch wenn sie nicht wirklich an einer Sache interessiert war. Das tat sie aus Loyalitätsgründen, aus tiefer Verbundenheit, aus Liebe zu mir. Und obwohl die Sache ihr letztlich nichts bedeutete, war sie in der Lage, sich mit Haut und Haaren in meine Interessen hineinzudenken, mit durchaus kritischem Blick.

Sie war einfach wundervoll.

»Essen? Weiß ich noch nicht.«

Das stimmte.

Ich hatte überhaupt keine Ahnung, wie das Treffen ausfallen sollte. Er hatte demnächst in München zu tun und ich auch. Das Schicksal wollte es also. Und es hatte uns beiden genügt zu wissen, dass wir uns sehen wollten.

Das war schön.

Zufällig waren wir darauf gekommen, als wir in unseren Kalendern blätterten, er in Berlin bei der Rente und ich in Hamburg mit Susanne hinter der Glasscheibe, die es sich natürlich nicht verkniffen hatte, Faxen zu machen, Grimassen zu schneiden und sich auf die Schenkel zu

klopfen vor Lachen, als ich aufgeregt aufgesprungen war und den Telefonapparat mit einem Ruck heruntergerissen hatte.
Peter Fehrtenbach war es zu meiner Erleichterung gewesen, der spontan vorgeschlagen hatte, wir sollten uns noch einmal treffen, außerhalb der Studios, fernab von Kameras und Beleuchtungskörpern.
Peter Fehrtenbach.
Man konnte diesen Namen so betonen, dass er nicht nur passabel, sondern durchaus gut klang.
»Was soll das heißen, du weißt nicht, ob ihr essen geht? Was ist das denn für eine merkwürdige Verabredung?«
»Wir sehen uns in München. Nächste Woche. Ich werde ihn vom Flughafen abholen, und dann werden wir weitersehen.«
Was für ein Gefühl.
Ich würde ihn am Airport erwarten. Würde ihn empfangen wie die vielen anderen auch, die in der Ankunftshalle standen, um geliebte Menschen in die Arme zu schließen, mit denen sie seit Jahren verbunden waren. Ich würde also auf ihn warten.
Ein glückliches, warmes Gefühl durchströmte meine Adern.
Peter Fehrtenbach.
»Wieso holst du ihn ab? Kann er kein Taxi nehmen?«
Typisch Stella.
Ja, warum eigentlich hatte ich darauf bestanden? Es war nicht sein Vorschlag gewesen.
»Ich dachte, also, vielleicht ist es eine nette Geste, oder?«
»Nette Geste? Typisch Frau. Hätte mir auch passieren können.« Ihre Stimme klang belustigt.

»Vor Jahren«, fügte sie hinzu.
Stella hatte Recht, es hätte nicht sein müssen, aber nun war es einmal abgesprochen, und schließlich hatte er keine Einwände gehabt.
»Wie kam es denn zu der Verabredung? Ich meine, was hält er von dir?«
Liebste Freundin, wie sollte ich das wissen?
»Na ja, interessiert scheint er schon zu sein, sonst hätte er sich nicht mit mir verabredet, oder?«
»Weißt du schon, was du anziehst?«
Frau Pragmatiko!
»Nee! Aber eines ist klar: Ich muss extrem gut aussehen an diesem Tag. Ich will auf jeden Fall noch zwei Kilo runterkriegen.«
Dabei blickte ich an meinem Körper hinab.
Mindestens zwei Kilo.
Drei wären besser.
Fünfzehn erst recht.
»Schatzi, meinen Segen hast du. Ich wünsche dir das Beste. Einen Rat allerdings habe ich noch: Rede nicht so viel. Lass ihn kommen. Lerne ihn kennen. Hör ihm zu. Finde heraus, wer er ist. Und dann müssen wir erst mal wieder miteinander sprechen, bevor weitere Maßnahmen eingeleitet werden. Und geh bloß nicht gleich in die Kiste mit ihm. Willste gelten, mach dir selten. Jetzt bin ich wieder müde. Gute Nacht, Engelchen.«
»Tschüss, Schwester.«
Ich stöhnte leise.
»Wenn ich dich nicht hätte ...«, flüsterte ich noch hinterher, aber sie hatte bereits eingehängt.

Warum gab es eigentlich bei der Lufthansa diese kleinen grauen Plastiktüten nicht mehr? Und die Gummisemmeln und Schokoriegel, mit denen man sie bis oben hin voll stopfen konnte?
Im Winter waren zudem Vitamine gereicht worden in Form von frischen, saftigen, spritzenden Clementinen, im Sommer waren es Äpfel oder südamerikanische Bananen.
Ein Jammer.
Es war völlig wurscht gewesen, ob man Business- oder Holzklasse geflogen war, die Tüte hatte man immer bekommen.
Auch zwei.
Ganz schlimme Finger schienen sich auch ein ganzes Wochenende über davon zu ernähren. Meist Männer. Eigentlich immer Männer.
Fakt war: Ich saß Holzklasse, und es gab nichts zu essen. Die reine Folter.
Natürlich hatte ich in letzter Sekunde zu Hause einen Kaffee getrunken, an Essen war jedoch frühmorgens nach dem Aufstehen einfach nicht zu denken, außer im Zusammenhang mit Übelkeit und Erbrechen.
Und dann passierte noch das Schlimmste, was passieren konnte: Ich saß Mitte.
Rechts von mir einer der immer wieder gern gesehenen, Zeitung lesenden Pinguine mit der SZ, links einer mit der FAZ, links vorne, der mit einer etwas schadhaften Lockenpracht, sagen wir ruhig Halbglatze, las die BILD, daneben gab es in alle Richtungen geföhntes pechschwarzes Pferdehaar mit dem Handelsblatt. Manche Fülle konnte auch schon wieder unangenehm sein.
Wobei Halbglatze sowieso die meisten Punkte bekam, denn er stand zu seiner Lektüre. BILD hatten die übri-

gen Flanellanzüge bereits in der Abflughalle nach Überfliegen der ersten und letzten Seite in den Papierkorb geworfen.
Der vorne rechts schlief, bevor wir gestartet waren. Den sah ich überhaupt nicht. Nicht mal eine Haarspitze.
Merkwürdig, alle hatten sie etwas Rührendes, denn ausnahmslos, wie sie da saßen, waren sie einmal kleine, unschuldige Kinder gewesen und hatten mehr oder weniger großes oder kleines Pech mit ihren Eltern und deren Erziehungsmethoden gehabt. Das hatte ich von Matthias gelernt.
Die Sorte verzogenes Bürschchen hatte ich dick bis oben hin, das krasse Gegenteil aber, nämlich die Zuvorkommenden, Manierlichen, waren noch schlimmer. Bei rechtem Licht betrachtet, hatte man als Frau immer den Schwarzen Peter. Entweder man sah zu, dass man Land gewann und zu seinen Rechten kam, oder man war innerhalb kürzester Zeit zu Tode gelangweilt.
Großmutter hatte immer die erste Lösung gewählt, egal, welchen Typus sie vor sich gehabt hatte.
Deswegen wurde sie so alt.
Ich lugte nach links.
FAZ war uninteressant.
Etwa fünfundfünfzig Jahre, dunkelgraue Hose, eine deutliche Spur zu eng. Dunkelblaues Sakko, Ärmelkanten glänzend. Abgewetzt. Einen Hauch zu alt, das Teil. Natürlich hellblau-weiß gestreiftes Hemd. Mit Druckknöpfen.
Indiskutabel.
Die Hände zu breit, Finger zu kurz, Fingerkuppen zu dick. Ehering etwas eingewachsen.
Gesicht, ohne Kommentar, kaum Falten, keine Konturen. Haare nicht vorhanden. Oder kaum.

Aftershave unbekannt. Vermutlich günstig geschossen. Zu günstig.
Ich überlegte, was er für einen Job haben könnte.
Auf jeden Fall keine Führungsposition. Dafür war die Miene zu einfach. Fast ein bisschen ordinär sogar.
Vermutlich Orion-Kunde.
Versicherungsbranche mochte hinkommen. Oder Vertreter. Von Faltkartons bis zu Brotaufstrich, es konnte einfach alles gewesen sein.
Ich hatte keine Lust, weiter über ihn zu spekulieren, und betrachtete die Typen eine Reihe weiter vorn.
Von Halbglatze konnte ich nicht mehr viel erkennen. Ehrlich gesagt, stand ich auch nicht auf Halbglatzen.
Erst vor einer Woche hatte ich in einer Studie gelesen, dass Männer mit Halbglatzen weniger Gelegenheiten für Sexabenteuer haben als die mit ausgeglicheneren Frisuren.
Worin sollte man als liebende Frau mit ausgefahrenen Krallen auch wühlen und ziehen, währenddessen und hinterher?
Glatzen hatten eher etwas Rührendes, kindlich Glattes, das bestenfalls Mitleid auslöste denn Leidenschaft. Und dann musste man noch ständig überlegen, wie er die Tatsache, von Kahlköpfigkeit befallen zu sein, verarbeitet hatte. Daraus könnten durchaus tiefer gehende Minderwertigkeitskomplexe entstanden sein, die der Betroffene auf jeden Fall kompensieren müsste.
Also ein Problem mehr bei der Persönlichkeitsbeschreibungsliste.
Pferdehaar daneben erschien mir wiederum zu unsensibel. Wenn einer eine Wolle auf dem Kopf hat wie dieser Mann, also es dermaßen dick und üppig aus dem Schädel wuchert, kann ich ihn mir kaum als Casanova

mit Rotwein bei Vollmond vorstellen, der eine Frau zärtlich in den Arm nimmt und über Platon philosophiert. Oder besser über Sokrates, der war vielleicht nicht ganz so schwul.
Sleepy-Deep war weg von der Bildfläche, und Süddeutsche neben mir hatte einen schönen Anzug an.
Er war beige, mit hohem Leinenanteil und, der Mode entsprechend, modern und jugendlich geschnitten. Die Hosenbeine gerade, ohne Verjüngung am Ende. Vielleicht von Joop. Oder Boss.
Auf jeden Fall locker.
Und er trug Budapester.
Ich liebte Budapester Schuhe.
Wenn einer diese wundervolle Marke bevorzugte, konnte er kein Kleingeist sein, musste Stil und Klasse haben. Und er war kein Geizkragen, denn er gehörte damit eindeutig zu der Sorte, die sich etwas gönnte. Konnte auch ruhig teuer sein.
Und wenn er Spaß daran hatte, sich selbst mit kleinen oder größeren Geschenken zu erfreuen, dann verwöhnte er auch andere Menschen.
Nicht, dass ich scharf auf Schenkungen war, aber nichts ist schlimmer als ein Mitmensch, der ohne Sinnlichkeit oder auch ohne Unsinn sein Dasein im Kreise der Lieben fristet. Trostlosigkeit reflektiert Trostlosigkeit, und ehe man sich versieht, ist man grau, zerknittert und verändert den Gang merklich hin zum Schlurfen.
Mit den Jahren.
Grässlicher Gedanke.
Deine Gedanken und deine Gesinnung prägen dein Handeln, das Antlitz und Gebaren. Dieser Satz hatte sich in mein Gehirn gebrannt nach der Lektüre dieses einen wundervollen Buches, dessen Titel ich zwar in

entscheidenden Augenblicken vergaß, das mir schließlich jedoch häufig aus der Misere geholfen hatte. Und wenn ich Menschen länger kannte und diese Erkenntnis überprüfte, stimmte er hundertprozentig. Die Guten sahen immer nett und locker aus. Die Zornigen, Grimmigen konnten selbst durch die besten Chirurgen nichts mehr verändern.

Der Typ neben mir war von gerader Haltung.

Die Hände lagen auf seinen schlanken, langen Oberschenkeln und waren mehr oder weniger ein Erlebnis.

Fast wie die von Siggi. Eventuell auch etwas schöner, denn sie waren nicht ganz so stark behaart.

Unter dem Anzug trug er, ich glaubte es nicht, ein T-Shirt.

Beige, Eierschale, Crème, Ecrut.

Tolle Farbe.

Hinter meiner BUNTE versuchte ich unauffällig den Blick in sein Gesicht.

Hallelujah!

Da saß Kevin Costner.

Hatte ich beim Einsteigen gar nicht bemerkt.

Aber Costner in der Holzklasse?

Neben mir?

Ich äugte noch mal rüber.

Es war nicht Costner, denn dessen Nase war eindeutig etwas größer.

Die von Süddeutsche war wohlgeraten.

Ei, ei, ei, nicht schlecht, Frau Specht!

Er schien die geheime Observation zu bemerken, denn nun schenkte er mir einen kurzen, verhalten-freundlichen Blick.

Schnell sah ich wieder in die Illustrierte und kümmerte mich weiter um die Trennung von Wussows.

Mir wurde heiß.
Wahrscheinlich war die Klimaanlage ausgefallen.
Vielleicht war es auch der Kaffee, denn mit dem zu Hause gerechnet war ich jetzt bei Tasse Nummer sechs.
»Noch einen Kaffee, Gnädigste?«
Der Steward kochte ebenfalls.
»Ich glaube, ich nehme ein Wasser.«
»Glauben Sie oder wissen Sie es?«
Der Mann hatte Humor. Donnerwetter, so früh am Morgen. Es hatte aber keinen Sinn, darauf einzugehen, denn er hatte viel zu tun.
»Ich weiß, dass ich nichts weiß«, scherzte ich schnell und fügte hinzu: »Es bleibt dabei. Wasser, bitte!«
Leinenanzug bestellte auch Wasser.
Traf sich gut.
Er prostete mir zu.
Na, bitte, warum nicht?
Mir war inzwischen dermaßen heiß geworden, dass ich kalten Schweiß auf der Oberlippe spürte.
Wurde ich krank?
Unauffällig versuchte ich meinen Puls zu finden. Das wurde schwierig, denn ich konnte mich nie entschließen, ob ich mit dem Zeige- oder dem Mittelfinger fühlen sollte. Es war eine Frage der Konzentration, und andere konnten es einfach besser.
Siegfried zum Beispiel.
Innerhalb einer Sekunde hatte er den Puls immer gehabt.
Meist seinen.
Selten meinen.
Außerdem wusste ich nie genau, wie lange man zählen musste, und zu allem Überfluss war meine Armbanduhr stehen geblieben.
Ich gab auf, hatte sowieso nichts.

Nicht ich!
Unvermittelt meldete sich Herr Joop neben mir: »Geht es Ihnen nicht gut?«
»Wie bitte?«
Träumte ich, oder hatte dieser Mann mich gerade nach meinem Befinden gefragt?
»Sie haben Ihren Puls gefühlt. Liegt nahe, dass es Ihnen nicht gut geht.«
Er lächelte mich an, und ich befand mich bereits in einer tiefen Ohnmacht. Innerlich.
Rein äußerlich war ich unendlich gelassen.
»Nein, nein, nein, machen Sie sich keine Sorgen.«
Nach dem Motto: Mutti hat alles im Griff.
Blöde Kuh.
Ich dachte an Alexandra.
Mäuschen, wenn es ernst wird, bist du eine Frau! Egal, wie es in dir aussieht, damit musst du die Männer konfrontieren. Erlaube dir Schwächen, lass dir helfen, nutze alle Mittel, und wenn gar nichts mehr hilft, fall einfach um! Sie lieben es, wenn sie dich aufrichten dürfen, dir ihre Stärke zeigen, ihren starken Arm um dich legen. Und du wirst es auch lieben.
Und was antwortete ich?
Machen Sie sich keine Sorgen.
Meine Güte.
Ich würde es nie lernen.
Vielleicht waren Frauen einfach sehr unterschiedlich.
So unterschiedlich wie Alexandra und ich.
Vielleicht war ich am Ende auch gar keine Frau.
Egal, ich hatte das Fünkchen im Keim erstickt, und Herr Joop las weiter.
Ich lugte hinüber.
Seite drei.

Die war immer interessant.
Welche Überschrift?
Sorben in der Oberlausitz.
Na ja, gut, es gab Ausnahmen.
Plötzlich erinnerte ich mich an einen Beitrag im Weltspiegel, in dem über dieses westslawische Volk berichtet worden war. Und an meine Begeisterung für ihre farbenprächtigen Landestrachten und die heiteren Menschen, die vornehmlich aßen, tranken, sangen und tanzten. Zumindest in dem kleinen Filmbeitrag.
Joop schien es auch zu interessieren, denn er las den ganzen Artikel bis zu Ende, also die gesamte Seite.
Dabei sah er zufrieden aus.
Er strahlte eine innere Geschlossenheit aus, die ich selten bei meinen Mitmenschen beobachten konnte. Er schien in sich selbst zu ruhen. Eins zu sein mit sich.
Dabei war er noch gar nicht so alt.
Maximal Anfang vierzig, schätzte ich.
Ich war wirklich überrascht.
Es gab Menschen, bei denen fühlte ich mich sofort zu Hause, und bei diesem Mann war es so.
Ich war total begeistert.
Saß im Flieger und traf diesen Typen.
Ob er wohl verheiratet war?
Kein Ring.
Liiert, mit Sicherheit.
Solche gingen weg wie warme Semmeln.
Außer, er war gestört.
Aber das konnte eigentlich nicht sein, bei dem Face.
Wisch!
Er drehte sich schnell zu mir und sah mir in die Augen.
Himmel, hilf.
Sie waren blau.

Ich konnte auf den Schlag umfallen, wenn Männer blaue Augen hatten.
Nicht dieses gewöhnliche Allerweltsblau.
Ich sprach von dem einzig wahren, dem Azur-tiefen-Ohnmachts-Himmelsblau.
Für meine Begriffe hatte er sich einen Moment zu lange an mich herangewagt, bevor er weiterlas.
Ein Draufgänger also.
Dass ich darauf nicht eher gekommen war.
Einer wie er trübte nicht ein Wässerchen.
Er brachte ein Meer zum Toben.
Frau Feldmann. Ergründen Sie weiter, wieso die Beziehung von Wussow und Gattin in die Brüche ging.
Das waren reelle Werte.

Keine Ahnung, warum ich eingenickt war.
Auf jeden Fall war mein Kopf vornübergesunken, und es hatte heftig im Halswirbelbereich geknackt.
Sehr damenhaft.
Andere träumten wie Engel und sahen dabei so aus, Mutti fiel vor Erschöpfung der Kopf in den Schoß.
Gute Nacht, Liesette, Geld liegt in der Fensterbank.
Wenn Omi humorvoll sein wollte, war dieser Spruch gekommen.
War nicht so häufig der Fall gewesen.
Ach, du Himmel. Costner saß ja noch neben mir. War jetzt beim Wirtschaftsteil.
Etwas verlegen, versuchte ich mich wieder so hinzusetzen, wie andere auch saßen im Flugzeug.
Mein Hals kribbelte.
Bitte nicht jetzt.
Wenn es einmal losging, wurde es schlimmer und schlimmer.

Erst kam ein zwanghaftes Hüsteln dazu, und wenn ich es weiter zu unterdrücken versuchte, war alles aus. Hustenanfälle der übelsten Sorte, wie sie nach zwanzig Jahren Schacht nicht ärger sein konnten, schlössen sich an. Zum Schluss dann nur noch ein hilfloses Überlebensjapsen.
Nein.
Nicht heute.
Hach. – Huh.
Nicht hier!
Hach!
Half nichts.
Huh!
Es kribbelte.
Die Salbeibonbons fielen mir ein.
Sie waren die Rettung.
Hastig durchwühlte ich meine Handtasche.
Der Riesenbeutel war bis zum Rand gefüllt.
Schminktasche eins, Portemonnaie, Schminktasche zwei.
Alles raus.
Auf den Schoß.
Mr. Orion links von mir sah auf.
Egal, lies bloß weiter, Typ!
Tat er.
Telefonbüchlein, Terminkalender.
Ich sah flüchtig nach rechts.
Meldungen aus der bayerischen Region.
Warum auch nicht?
Als ich die Haarbürste fühlte, stutzte ich.
Das konnte ich nicht machen.
Sie war sehr groß, sehr drahtig, und das letzte Mal hatte ich sie vor mindestens dreizehn Tagen von den langen blonden Haaren befreit.

Kein berauschender Anblick.
Die Bürste blieb also drin.
Ich tastete weiter.
Plötzlich fiel es mir ein.
Hier war sowieso alles umsonst. Hier würde ich keine Hustendrops finden, denn sie waren oben im Gepäckfach. In meinem alten, geliebten Beauty-Case.
Alles wieder zurück, Capt'n Kirk links scherte sich nicht, der Draufgänger rechts auch nicht.
Noch nicht.
Klar war, dass er gleich hoch musste.
Ich hustete.
Es wurde also höchste Zeit.
Ich löste den Gurt, rutschte auf meinem Hinterteil herum und bat ihn schließlich, nachdem er meinen Wunsch von allein nicht bemerkt zu haben schien, hinauszudürfen.
Formvollendet stand er auf, grinste und sagte: »Es ist mir eine Freude.«
Aha. Es war ihm also eine Freude. Wahrscheinlich eine absolute Freude.
Konnte er einer Katze erzählen, die er im Mondschein traf.
Dieser Weiberheld.
Mr. Teflon. Der ließ nichts anbrennen, der Fall war klar.
Es ist mir eine Freude.
Wenn ich nun das Gepäckfach oben öffnete, müsste er sich theoretisch nicht gleich wieder hinsetzen.
Er würde sonst leicht wie ein Stehaufmännchen wirken.
Denn es wäre eine Sache von Sekunden, die Bonbons herauszuholen.
Es wäre albern.

Aufstehen.
Danke!
Hinsetzen.
Aufstehen.
Danke!
Hingesetzt.
Andererseits hätte er stehend direkten Einblick in das Case gehabt, das ich auf den Boden stellen müsste, um darin zu suchen. Auch nicht die Ideallösung, denn filmreif sah es darin nicht gerade aus mit den frei herumfliegenden Q-Tips.
Also beschloss ich, erst einmal die Toilette aufzusuchen, um mich im Anschluss daran um die Tabletten zu kümmern.
Als ich zurückkam, war der Getränkewagen gerade durch.
Danke, wollte eh nichts mehr.
Ich näherte mich dem Gepäckfach, das sich oberhalb von Casanovas Sitz befand.
Er las nicht mehr, er schaute mich an und lächelte.
Eigentlich ganz süß, wieder.
Vielleicht war er ja doch kein Halunke.
Aufmunternd lächelte ich zurück, reckte mich direkt vor seiner Nase nach oben und drückte mit Schwung auf die Push-Taste. Ich wusste schließlich, wie häufig sie klemmten, diese verdammten Dinger.
Klackend sprang sie auf, und in diesem Moment begann das größte Unglück, das ich in den letzten Jahren erlebt hatte.
Mit einem Riesensatz machte sich mein altes, schweres Beauty-Case selbstständig und raste mit nicht nachzuvollziehender Geschwindigkeit auf den Kopf des schlanken, schönen Mannes zu.

Ehe ich auch nur das Geringste tun konnte, gab es einen lauten, fetten Plopp, und das unglückselige Ding setzte ihn schachmatt.
Mit einem tiefen Seufzer fiel sein Kopf auf die Seite, und er war weg.
Mama!
Hilf mir!
Oder Oma!
Gerne auch beide!
Der Steward kam herangesegelt.
»Wir brauchen einen Arzt!«
Kurz und knapp und etwas schrill klang es.
Die Idee war gut, ich jedoch war unfähig, mich zu bewegen.
Außerdem war ich kein Arzt.
Vielleicht war Casanova schon tot?
Schädelbruch?
Basis?
Das Case wog inklusive Inhalt lockere zwölf Kilo.
Mamma mia!
»Ist ein Arzt an Bord?«
Nun brüllte der Steward.
Der linke Ärmel der hellen Leinenjacke begann sich zu verfärben.
Oh, Gott, der Mann blutete ja.
»Ich konnte nichts dafür«, stotterte ich herum und versuchte meine Unschuld zu beteuern.
Es schien niemanden zu interessieren.
Ein Mann, der sich als Arzt ausgab, hatte sich aus der Business-Class zu uns nach hinten gewühlt.
Er zog dem Opfer die Unterlider herunter, sah mit ernster Miene in die aufgerissenen Augen des scheinbar friedlich schlummernden Mannes, fühlte den Puls, drehte

den Kopf zur Seite und gab ihm einen leichten Klaps auf die Wange.
Herr, lass ihn leben.
Er war so jung.
So schön.
Keine Reaktion.
Halbglatze würde sicher bald Genickstarre bekommen, seine Körperhaltung sah momentan nicht gesund aus. Andererseits wollte er sich wohl nichts entgehen lassen.
In Gedanken sah ich bereits die Polizeistreife am Flughafen bei der Ankunft warten.
Der Vorwurf würde auf versuchten Totschlag lauten.
Ich war erledigt.
Beweg dich, Mann.
Der nächste Klaps.
Leise stöhnte er und bewegte den Kopf.
Den wundervollen, gepflegten Kopf.
Inzwischen hatte sich um uns herum eine Menschenmenge gebildet wie auf einem Dorfmarktplatz.
Der Schlafende auf 24 C vor mir kniete unterdessen auf seinem Sessel und befand sich hautnah und live vor Ort.
»Man müsste ihn hinlegen«, schlug er vor.
Wieder stöhnte mein Opfer und bewegte die Augenlider.
»Er kommt zu sich!«
Auch Pferdehaar hatte eine außergewöhnliche Beobachtungsgabe.
Seite an Seite mit 24 C hatte er die Unterarme auf seiner Lehne gekreuzt und schien sich für nichts anderes auf dieser Welt mehr zu interessieren als den weiteren Verlauf des Unfallhergangs.

Hach!
Huh!
Danke, Matthias.
Hach!
Lieber Gott, wenn es dich gibt, dann zeig es.
Jetzt sofort.
Huh!
Kevin Costner schlug die Augen auf.
Danke, Herr!
Ich kniete vor ihm nieder, um möglichst nahe bei ihm zu sein, wenn er langsam in das Leben zurückkehrte.
Er schüttelte sich unmerklich, sah langsam in die Runde und griff sich an den Kopf.
Dabei stöhnte er.
Kurz schloss er wieder die Augen, öffnete sie dann und blickte mich an.
»Es tut mir so Leid«, stammelte ich und bemerkte, wie mein Kinn zu zittern begann. Instinktiv griff ich zu seiner rechten Hand.
»Wie geht es Ihnen?«
Herrje, was sollte er darauf antworten?
Ich musste mich zusammenreißen, um nicht loszuheulen.
Plötzlich kam mir eine Szene aus meiner Jugend in den Sinn, in der ich dem Freund meiner Mutter aus Versehen eine Eisenpfanne über den Kopf gezogen hatte, die ich als meinen imaginären Tennisschläger zum Üben des Aufschlags benutzt hatte.
Er hatte damals ebenfalls eine Platzwunde gehabt und war wie ein verletzter Ochse schreiend auf mich zugerannt. Das Ende der Geschichte war gewesen, dass er seine riesige Wut entlud, indem er mir mordsjämmerlich eine scheuerte.

Strafe musste sein.
Ich wartete auf das Jüngste Gericht.
Costner schloss die Augen und lächelte. Dabei drückte er meine Hand.
»Ist schon gut. Sieht schlimmer aus, als es ist.«
Puh!
Der war cool.
Mir fiel ein Stein vom Herzen.
So ganz sicher war ich jedoch nicht, dass seine Verletzung nicht so schlimm war, wie ich es annahm. Er konnte das doch gar nicht beurteilen.
»Sie brauchen einen guten Arzt«, flüsterte ich ihm ins Ohr.
Seine Hand hielt ich dabei ganz fest.
»Ich bin Arzt«, flüsterte er zurück. »Besorgen Sie mir ein Glas Wasser?«
Nichts lieber als das.
Na, klar holte ich Wasser. Einen ganzen Eimer, wenn er wollte.
Gerade war ich im Begriff, mich zu erheben, da fiel mir der Steward ein, dessen Hosenbeine ich rechts vor meiner Nase hatte.
»Bringen Sie bitte ein Glas Wasser!«
Dafür war der Mann schließlich da.
Er zögerte kurz und rauschte davon.

Gregor Gernand hatte eine Gehirnerschütterung, nicht mehr und nicht weniger.
Das teilte er mir per Handy mit, als ich gerade im Hotel eincheckte.
Ich hatte ihm all meine Daten aufgeschrieben, ein-

schließlich meines Geburtstags und meiner Adresse. Wollte für alles aufkommen und hatte bereits Kontakt mit meiner Versicherung aufgenommen.
In unserem kurzen Telefonat hatte ich um seine Adresse gebeten und sie notiert.
Natürlich würde ich ihm etwas Schönes schicken.
Whisky oder Champagner oder so.
Er wohnte übrigens auch in Hamburg und arbeitete als Leitender Arzt in der Chirurgie einer angesehenen Privatklinik.
Gregor Gernand.
Das musste mir erst mal jemand nachmachen.
Ich hatte den schönsten Arzt der ganzen Welt schwer verletzt.
Mit einem einfachen Kosmetikköfferchen.
Du bist zu dumm, einen Eimer Wasser umzuschmeißen.
Der wilde Ochse aus meiner Kindheit hatte mich gerne damit beleidigt.
Komisch, dass der Mensch nicht loslassen kann und einen einfachen Satz wie diesen sein ganzes Leben lang mit sich herumträgt.
Wie einen lästigen Freund.
Als ob er wie selbstverständlich dazugehörte.
Zu dumm, einen Eimer Wasser umzuschmeißen.

Die bayerische Sonne schien durch das hohe, alte Fenster und malte waschlappengroße Punkte auf meine Hotelbettdecke.
Meine Hand lag darunter, direkt auf meinem Oberbauch.
Er war zu dick.

Eindeutig.
Ich spürte den Rippenbogen nicht mehr, mindestens zwei Pfund oder auch fünf hatten es sich darüber bequem gemacht. Ich fühlte südwärts. Dort war es nicht besser.
Rechts. Links. Die Beckenknochen waren verschwunden.
Verhüllt.
In reines Fett.
Ich spürte, wie mein Mund sich zu einem Strich verzog. Es war wie immer gewesen mit mir.
Unbeherrscht hatte ich in den letzten Tagen alles in mich hineingestopft, was essbar war. Süßigkeiten wie Rittersport Vollmilch-Nuss, Goldbären von Haribo, Vitamin-C-Bonbons. Ohne Zucker allerdings, aber das tat ich meinen Zähnen zuliebe, und auch darauf kam es nicht mehr an.
Italienische Nudeln konnte ich kiloweise vertilgen, ohne Ende und jeglichen Ansatz einer Beherrschung.
Natürlich die aus Hartweizenmehl, senza uovo, die selbstverständlich nicht dick machen.
Wenn man allerdings zweieinhalb Teller pro Mahlzeit innerhalb von vier Minuten verschlingt, ohne Luft zu holen, und drei Liter Miracoli darüber gießt, ist alles egal.
Das Schlimmste jedoch war die Schokolade.
Bei jedem Bissen tröstete ich mich mit meinem Ausnahmezustand, der es jedem Menschen an meiner Stelle gestattet hätte, einmal nur ans Wohlgefühl zu denken.
Ich schien nichts anderes mehr im Sinn zu haben, als mir Gutes zu tun.
Außerdem: Stella, die selber schokoladensüchtig ist, hatte mir an einem Abend, als wir gemeinsam vor dem Fernseher in Los Angeles gesessen, einen Krimi geguckt

und jeder zwei ganze Vollmilch-Nuss-Tafeln verspeist hatten, folgende interessante These nahe gebracht: »Schokolade ist besser als jeder Sex der Welt.«

»Sieh mal, Corinna«, hatte sie gesagt, »sie ist erstens leichter zu bekommen. Und du wirst nicht schwanger davon. Überdies befriedigt sie dich, auch wenn sie weich ist (manchmal war sie wie ein Kerl). Und du musst ihr hinterher nicht versichern, wie gut sie war.« (Typischer Macho-Witz meiner allerbesten Freundin.)

Obendrein, sagte sie, könne man unbesorgt während des Autofahrens Schokolade essen, und Frauen füllten, wie sie wisse, ihr Glücksdefizit damit auf. Wo und wann immer sie wollten.

Darüber hinaus hatte sie eine Studie gelesen, aus der hervorging, dass alle Wissenschaftler der Welt sich einig waren, das im Kakao enthaltene Theobromin sei ein verwandter Stoff zum Koffein (toll, wie sie das behalten hatte). Er erweitere die Herzkranzgefäße, wirke anregend, stimmungsfördernd und harntreibend.

Aha!

Und das Phenylethylamin schließlich, das bei der Herstellung entstehe, finde sich vermehrt im Blut bei verliebten Menschen.

Da spätestens schloss sich der Kreis, und ich verstand.

Und den Zucker in der Schokolade brauchten wir schließlich dringend für die Psyche, das war mir auch ohne Studie klar.

Siegfried, oh, Siegfried.

Nichts Gutes ahnend, tastete ich mich zu den Oberschenkeln.

Kissen.

Dicke, volle Polsterkissen, die vor kurzem dort gewachsen waren.

Beidseitig.
Innen und außen.
Weiter hinten, Richtung einstmaligem Sexy-Po, waren die eingefallenen Mulden spurlos verschwunden. Ich drückte, um zu erforschen, wie weit innen der Muskel sich befand.
Mein Glutaeus maximus war weg!
Vollständig!
Vom minimus ganz zu schweigen.
Nicht mehr vorhanden!
Christian, ein befreundeter Arzt, mein Lieblingsarzt, hatte mir einen Abend lang bei Rotwein und französischem Käse seine Sichtweise zu dem Thema auseinander gesetzt. Zunächst die des Arztes und dann die des Mannes.
Als Arzt hatte er mit Fakten aufgewartet wie der Aufteilung und Funktion der Gliedmaßen, Muskelfasern und Knochen. Und von der Verantwortung gesprochen, die der Einzelne über seine leibeigenen Körperteile hat.
Die Sichtweise des Mannes war etwas anders:
Bei dem Glutaeus maximus zum Beispiel handelte es sich um den Muskel, der den Po bestimmte. Das darüber liegende Fett konnte ihn schön oder hässlich gestalten.
Sein Entsetzen darüber, dass so wenige Frauen es durch Disziplin schafften, den günstigen ersten Fall für sich zu erringen, war echt.
Seine Meinung über meine derzeitige Verfassung wäre vernichtend gewesen.
Ich griff nur ins Weiche.
Herzlich willkommen, Frau Wabbel, im Leckerland des Kummerspecks.
Zu Sport und Gymnastik hatte ich im Moment einfach

keine Zeit. Entweder ich arbeitete, oder ich dachte nach.
Oder ich telefonierte.
Mit Stella und Bébé.
Oder ich aß.
Unterbrochen wurden diese Tätigkeiten durch meine Therapiestunden bei Matthias, von denen ich inzwischen gar nicht genug bekam.
Lerne dich selber lieben, dann überträgt sich diese Bedingungslosigkeit auf andere Menschen.
Wie sollte man aber Freude an sich haben mit diesen Rettungsringen?
Durch Matthias war mir übrigens fatal deutlich gemacht worden, wie wenig Chancen Siegfried und ich gehabt hatten.
Er war ein Macho, weil sein Vater ein Macho war, dessen Vater ein Macho war.
Meine Mutter hatte von ihrer Mutter gelernt, wie man am besten die Schwächen der Männer ausnutzt, indem man sie besiegt.
Ich war nicht weit entfernt von den Müttern, wenngleich der Fall Siegfried anders endete als üblich.
Er also entstammte dem Patriarchat, ich dem Matriarchat, und deswegen kamen wir aus dem Clinch gar nicht mehr raus, sondern hatten, im Gegenteil, unbewusst nur eines im Sinn:
Uns mit allen Mitteln dieser Erde zu zerstören.
Die vermeintliche Verliebtheit war in Wirklichkeit unbewusster, grausamer Vorsatz zum Beginn der Zerstörung gewesen.
Wie im Psycho-Horrorfilm.
Wir beide an den Marionettenfäden eines bösartigen, fiesen Schicksals, das seine Späße mit uns trieb.

Wenn das Siggi wüsste.
Mein Siggi.
Ich hatte plötzlich Mitleid mit ihm, weil er nicht ahnen konnte, wie schlimm es um ihn stand.
Natürlich würde er in der nächsten Beziehung das gleiche kranke Verhalten an den Tag legen und aus seinem Teufelskreis erst herausfinden, wenn er sich selber kennen lernte.
Ich sollte ihm helfen.
Er war ein fantastischer Mann.
Er hatte es verdient.
Er war so schön. Und so männlich.
Ruhte in sich selber. War unbeirrbar, unbeeindruckt von den Wirren des Lebens.
Und er roch so gut.
Es war mein Geruch. Er gehörte mir. Er war meine Heimat. Er war mein Mann.
Gewesen.
Ich besann mich einen Moment, mir fiel ein, dass ich selber genug an der Hacke hatte.
Ich musste an die letzte Therapiestunde denken.
»Du bist dein Leben lang auf der Suche nach deinem Vater.«
Matthias hatte Recht, denn seit dem sechsten Lebensjahr hatte ich keinen. Wie denn auch, er war ja gestorben, wie alle Männer in unserer Familie.
Meine Großmutter hatte ihren ersten Gatten in die Flucht geschlagen, den zweiten unter die Erde taktiert, und der dritte hatte rechtzeitig vor der Hochzeit die Notbremse gezogen, indem er sich zurück ins Altersheim rettete, aus dem sie ihn mit achtzig Jahren losgeeist hatte.
Mein Bruder hatte sich mit Anfang dreißig als Ausstei-

ger nach Australien abgesetzt, und seit Jahren hatte niemand mehr etwas von ihm vernommen.
Und bei den Männern, zu denen ich Kontakt gehabt hatte, war es auch nicht wesentlich günstiger.
Siegfried war nicht gerade die erste Beziehung meines Lebens gewesen. Man konnte gelassen von einem halben Dutzend ernst gemeinter Versuche sprechen. Alle hatten miteinander gemein, dass ich nach einer gewissen Zeitspanne, manchmal handelte es sich um Jahre, aus Mangel an Respekt und Achtung die Herren zu ihren Müttern zurückschickte.
Ich musste an Massimo denken, einen irrsinnig gut aussehenden Norditaliener. Meine Begeisterung für ihn war so groß gewesen, dass ich ihm blind für einige Monate in ein kleines Dorf in der Nähe von Udine gefolgt war.
Außer buon giorno und grazie hatte ich null Sprachkenntnisse gehabt, aber die Liebe lenkte alles ohne Plan.
So lernte ich dort, Nudeln al dente zu kochen, gutes von schlechtem Olivenöl zu unterscheiden und welches das hautschonendste Spülmittel war, das es zu kaufen gab.
Und ich lernte Italienisch.
Nach etwa einem halben Jahr hatte ich herausgefunden, dass die Verständigungsschwierigkeiten, die wir hatten, nicht Sprachbarrieren waren, sondern dass der Typ dumm wie ein Stück Brot war.
Ich packte so eilig meine Siebensachen, dass ich mich nicht einmal mehr von ihm verabschiedete, und als er weinend vor dem Haus meiner Eltern stand, rührte ich mich keinen Zentimeter hinter der Gardine weg, sondern tröstete mich mit dem Gedanken, dass Italiener

die einzigen Männer auf der Welt sind, die wirklich und ehrlich und wunderbar weinen können.
Und dabei wollte ich ihn auf keinen Fall stören.
Oma ließ grüßen.
Miss Cold Heart.
Wirklich kein Grund, stolz zu sein.
Das waren Matthias' Worte gewesen. Im Gegenteil.
Nun lernte ich mich so gut kennen, dass es körperlich wehtat.
Es war auch nicht Power gewesen, die mich getrieben hatte, Karriere zu machen und erfolgreich zu sein, und um die mich einige Mitstreiterinnen, die das Temperament einer Schlaftablette hatten, beneideten, sondern das grandiose Drama des begabten Kindes.
Das, was andere als Kraftquelle betrachten, waren für mich tiefe Defizite und ausgeprägte Schwächen.
Ich wollte geliebt werden. Ohne Anerkennung und Lob konnte ich nicht existieren.
Perfektion war mein bester Freund.
Und der bedeutete permanenten Druck, den ich mir abverlangte.
Ohne Anspruch auf Entspannung.
In Wirklichkeit war ich nichts.
Klein und unsichtbar.
Schwach, schutzlos und wankelmütig.
Mein Kinn zitterte.
Gut, dass ich den Tausendfüßler zum Freund hatte, ohne ihn hätte ich mich wahrscheinlich schon umgebracht.
Wie wertvoll diese Erkenntnisse doch waren.
Das also war der Sinn der Therapie.
Bébé hatte mir stundenlang Vorträge darüber gehalten, bis ich einen Pfeifton im Kopf spürte, dort, wo der Telefonhörer mein Ohr zum Glühen gebracht hatte.

»Erst wenn du ganz unten warst, dich nackt und roh begriffen hast, dann hast du die Chance, Lebendigkeit in dir zu spüren, die dich anhält weiterzuleben.«
So, so.
Ich liebte ihn für seine Klugheit.
»Mehr, als unterhalb der Teppichleiste entlangzuschrammen, und das nun schon seit Wochen, kann ich nicht«, war meine klägliche Antwort.
Also wirklich, ich hatte viel gelitten, mich kennen gelernt, und nun könnte das Leben endlich mal beginnen, sich zu ändern.
Mit dem Wissen von heute hätten Siegfried und ich eine gute Chance gehabt.
Nun wüsste ich besser mit ihm umzugehen.
Wenn wir uns beide nur nackt und roh betrachtet hätten, wären wir ein gutes Paar gewesen.
Aber keiner von uns war auf die Idee gekommen.
Und nun war es zu spät.
Das Schicksal hatte gnadenlos entschieden.
Mein Kinn zitterte wieder.
Wahrscheinlich wohnte die Neue schon bei ihm. Vermutlich lagen sie noch im Bett, jetzt, am frühen Morgen, und …
Ich zwang mich, nicht weiter zu sinnieren, denn den Gedanken an Siggis Vorlieben am frühen Morgen ertrug ich jetzt nicht auch noch.
Mit einem Ruck setzte ich mich gerade hin und sah auf die Uhr.
Neun Uhr morgens.
Um 14.05 würde die Maschine von Peter Fehrtenbach landen.

»Corinna? Ich bin es, Maike. Hast du einen Moment Zeit?«
»Maike, hallo, wie geht es dir? Was macht unser Freund, Friedrich der Große?«
»Ach, Corinna. Es ist alles so wundervoll!«
Ihre Stimme klang wie neu, und ich musste mich erst einmal setzen.
Während ich ein Handtuch unter den nackten Po legte, bevor ich mich auf dem Sofa mit dem undefinierbaren Muster niederließ, hörte ich sie jubeln:
»Ich bin verliebt. Ich bin so verliebt wie noch nie zuvor.«
Ich zögerte kurz, ehe ich sagte: »Du meinst, schon wieder in Friedrich?«
Meine Skepsis war angebracht, denn die beiden hatten sich als ernst zu nehmende Konkurrenten zu Liz Taylor und Richard Burton längst auf dem Weltmarkt etabliert.
»Nein, der ist doch weg.«
Entrüstung klang in ihrer Stimme, als wäre meine Bemerkung die dümmste gewesen, die eine Frau je von sich gegeben hatte.
»Na ja«, murmelte ich, wollte aber in diesem Augenblick der furiosen Freude keine Spielverderberin sein.
»Also, sag schon.« Sie sollte die Folter beenden.
»Er ist hinreißend! Klug, schön, erfolgreich, relativ jung …«
Ihre Worte besaßen Elektrizität.
»Jung? Kenn ich ihn?«
»Ja, du kennst ihn.« Ihre Stimme kippte über.
»Maike, wer ist es?«
»Tja, Corinna, das ist die Schwierigkeit. Ich darf es dir nicht sagen.«
Sie seufzte theatralisch.
»Noch nicht«, fügte sie spitzbübisch hinzu.
Wie bitte?

Was hatte sie gesagt?
Hatte sie sich diesmal einen verheirateten Kerl geangelt?
Jemanden, den ich kannte?
Wer mochte das sein?
Gerhardt, der Nackte?
Manfred?
Der Intendant?
»Was heißt, du darfst es mir nicht sagen?«
Ich war skeptisch.
»Na ja, es gibt da einige Umstände«, mirakelte die schöne Maskenbildnerin.
»Welche Umstände? Verdammt, Maike, jetzt komm raus mit dem Mist!?«
Also wirklich.
Einige Umstände?
Sie konnte ja wohl kaum schwanger sein.
Ich hatte wirklich keine Ahnung, was das Ganze sollte.
»Okay, Baby, entweder du erzählst mir jetzt, wer dir das Gehirn so durchgepustet hat, oder ich häng ein.«
Die Drohung müsste wirken.
Ich wartete.
Sie wirkte nicht.
»Na, denn tschüss, bis später.«
Sie klang überhaupt nicht beleidigt, schien sich eher kaputtzulachen, und ich musste fürchten, dass sie das Gespräch tatsächlich jetzt beendete, ohne mir zu erzählen, was Sache war.
»Maike, bitte, du kannst mich doch jetzt nicht damit alleine lassen«, flehte ich. »Außerdem haben wir uns immer alles erzählt, das weißt du doch.«
Wimmer.
»Ich weiß, ich weiß, aber aus Sicherheitsgründen muss

ich wirklich zunächst die Klappe halten. Auf jeden Fall wollte ich dir sagen, wie glücklich ich bin, und ich hoffe, dass es dich auch bald so richtig packt, mein Schatz. Ich drücke dich. Bis bald! Ciao!!!«
Aus Sicherheitsgründen.
Das musste man sich mal vorstellen.
Hatte sie jemanden vom Verfassungsschutz kennen gelernt?
Wahrscheinlich war sie komplett durchgedreht, die Arme.
Genug hatte sie ja mitgemacht.
Aus Sicherheitsgründen.
Na, bitte.
Wie sie meinte.

Schön wollte ich sein, berückend, entzückend aussehen. Ich stellte mir vor, wie ich, anmutig wie Jerry Hall, in der Ankunftshalle stehen, leicht mit dem Kopf nicken und lächeln würde, wenn er herauskäme.
Es war aber so, dass ich, genau betrachtet, die Anmut einer Eiswaffel besaß.
In entscheidenden Momenten, wenn es darauf ankam, interessant für einen Mann zu wirken, erfüllte ich ohne Schwierigkeiten die althergebrachten Loser-Muster wie Woody Allen als Stadtneurotiker.
So landete zum Beispiel in einer Bar, in der ich mal mit Stella gesessen hatte, mein knallroter, hochhackiger Pumps auf dem Wurstbrot eines Bundesliga-Tischtennisspielers, weil ich mich schwungvoll auf dem Barhocker herumdrehte, um meiner besten Freundin einen Tanzschritt zu erklären.

Unfraglich hatte ich auch Erfahrungen mit dem Klassiker, dem typischen Stolperschritt in der Fußgängerzone, gemacht. Als mir ein wahnsinnig gut aussehender Mittdreißiger entgegenschlenderte, endete ich natürlich mit dem programmierten Sturz zu seinen Füßen.
Wie in der Werbung.
Der Mann ging, peinlich berührt, weiter.
Das war in der Werbung allerdings anders.
Ich wusste also, dass ich nichts dem Zufall überlassen durfte, dass alles sorgfältig geplant werden musste.
Während ich mich abtrocknete, blickte mir aus dem Spiegel ein schneeweißes Quarkgesicht mit verzweifelten, dunkel ausgehöhlten Augen entgegen. Arme und Beine, Brust und Bauch wirkten bläulich. Hellbläulich. Vielleicht auch lichtlila.
So sollte ich Peter Fehrtenbach unter die Augen treten?
Welches gnädige Schicksal hatte einen annehmbaren Vorschlag parat? Bitte!
Plötzlich kam mir eine Idee.
Die Idee, um genau zu sein.
Unten im Poolbereich des Hotels gab es mit Sicherheit ein Solarium, hoffentlich sogar ein Ganzkörpergerät.
Schnell telefonierte ich mit der Rezeption, der freundliche Herr gab mir jedoch einen abschlägigen Bescheid.
»Nur für das Gsicht, Gnä' Frau.«
Sofort jedoch, wie es sich gehörte für gute Portiers in guten Hotels, unterbreitete er mir einen Alternativvorschlag.
»Sie, gell, aber in der Stadt drinnen hat ein großes Sonnencenter eröffnet.
Die ham Turbo-Geräte, da sehn S' innerhalb oaner Viertelstunde aus wie der Yeboah.«

Das konnte ich brauchen, ja, das war genau das Richtige für mich.
Wie der Yeboah.
Natürlich hatte ich sofort darum gebeten, eine Reservierung für mich vorzunehmen, und während ich mir die Haare kunstvoll eindrehte, bevor ich sie föhnte, entschloss ich mich auch noch zu einer Gesichtsmaske.
Nach einer Stunde verließ ich das Hotel, schön und anmutig wie Jerry Hall, nur noch ein bisschen käsig.
Aber das sollte sich ändern.

Die dunkelbraun gesonnte Mittvierzigerin mit den langen, luftgetrockneten Dauerwellhaaren, die etwas ausgebleicht wirkten, lächelte mich an.
»Ja, bitte schön, die Reservierung liegt vor. Welches Gerät hätten Sie denn gern?«
»Tja, hm«, war ich unschlüssig. »Ehrlich gesagt, ich habe keine Erfahrung mit solchen Dingern.«
Sie lächelte weiter.
»Wir haben unterschiedliche Stärkegrade, das fängt an bei 6000 Watt und hört auf bei 32 000 Watt.«
Sie musterte mich.
»Ich glaube, Sie täten gut daran, mit 6000 zu beginnen.«
Es klang nicht einmal arrogant, eher etwas mitleidig.
Na, danke schön!
Dann würde mit Sicherheit nix aus dem Yeboah.
»Ehrlich gesagt, ich würde gerne ein Ergebnis sehen, heute, danach.«
Ich fühlte mich unsicher, denn ich hatte wirklich nicht den geringsten Schimmer von dem, was ich gerade im Begriff war, zu tun.

Ich wollte nur eines: schön sein und gebräunt.
Hinter der Dauerwellschönheit hing ein großes Werbeplakat, das eine nahtlos gebräunte Brünette zeigte, die nichts außer einem Heftpflaster auf dem Oberschenkel trug, das sie im Begriff war, abzureißen. Zum Vorschein darunter kam ein klitzekleines Stück weiße Haut. Nicht so kreidebleich wie meine, der Unterschied zu der gebräunten Hülle war jedoch eklatant.
Das wäre es, genau so sollte mein Erfolg aussehen.
»Ich nehme 25 000 Watt, bitte.«
Wie beim Einkaufen an der Käsetheke.
Einmal 25 000 Watt.
Wild entschlossen und ohne Rücksicht auf Verluste.
Dauerwelle stöhnte.
»Na, ob das eine gute Entscheidung ist? Ich sollte Ihnen nicht vorenthalten, dass bei Leuten, die noch nie auf einer derartigen Turbo-Bank gelegen haben, manchmal Kreislaufprobleme auftreten, wenn sie sich überschätzen.«
Dauerwelle war jetzt Frau Doktor.
»Ach, vielen Dank für die Aufklärung. Aber wenn etwas bei mir funktioniert, dann ist es mein Kreislauf.«
Ich lächelte sie bestimmt an, meine Stimme duldete keinen Widerspruch.
Außerdem hatte ich Recht.
Ich war noch nie umgekippt, der bayrische Fallwind in den Alpen, der so genannte Föhn, machte mir nichts, aber auch gar nichts aus, und auch beim Blutabnehmen war mir noch nie so etwas Peinliches wie Ohmächtigwerden passiert.
»Kommen Sie bitte mit.«
Sie erhob sich und winkte mich mit dem Zeigefinger hinterher.

Wir landeten in einer kleinen, engen Kabine, in der es nicht gerade kühl war.
»Puh, Temperaturen wie in der Karibik«, bemerkte ich locker und beiläufig.
»Gut, dass Sie es erwähnen.«
Dauerwelle fungierte nun als Haustechnikerin.
»Es gibt einen Ventilator, den Sie mit diesem Regler hoch- und runterfahren können. Das hier ist Maximum.«
Mit roten, langen, angeklebten Kunstnägeln schob sie ihn geschickt nach oben, und in derselben Sekunde setzte ein ohrenbetäubender Orkan ein, der mir ihre splissigen Haarspitzen ins Gesicht schlug.
»Ja, ja, danke, ich mach das schon«, griff ich ein.
Sie hatte den Regler bereits wieder heruntergedreht, der Wind legte sich, und sie zeigte mir noch Handtücher, den Kopfhörer für die Instrumental-CD aus Hawaii, reichte mir ein Tübchen Sonnenschutzcreme und ließ mich allein.
In wichtigen Momenten, das hatte ich gelernt, wenn ich von einer Sache nicht hundertprozentig überzeugt war, musste ich mir nur das schöne Endresultat vorstellen. Mit diesem Trick konnte ich sogar in unterbewusste Vorgänge eingreifen, indem ich dem Körper mit meinen positiven Gedanken zuarbeitete.
Im Geiste sah ich das Plakat mit der Pflasterfrau, und statt ihres Kopfes saß nun meiner auf ihren schmalen Schultern.
Aloahe!
Ich drückte, als ich endlich lag, auf den Startknopf.
»Gutten Tack. Hier ist ihr Turbo-Computer«, meldete sich eine elektronische Stimme.
»Sie habben dreißig Minuten!«
Vielen Dank, Meister, und darauf freue ich mich.

Los geht's!
Ein ultraviolettes Licht schaltete sich an, unter dem ich bereits eine angenehmere Körperfarbe zu haben schien.
Dann setzten Motoren und Turbinen ein, als würde ich in meiner Kabine den Start einer Concorde hinlegen, und langsam spürte ich, wie ich mich erwärmte.
Es war alles so gut wie seit langem nicht mehr.
Die Harfen- und Gitarrenklänge aus der Südsee transportierten mich an einen weißen Strand mit Kokospalmen, und die wunderbare Sonne durchströmte mich auf beinahe göttliche Weise.
Ich war selig.
Wenn ich mir vorstellte, wie ich in dreißig Minuten aussehen würde, kribbelte es in meinen Lenden.
Warum tat ich mir nicht häufiger Gutes?
Du kannst anderen nur das geben, was du auch für dich selbst übrig hast.
Ja, ja, Matthias, wie Recht du hattest.
Ich mochte mich ja eigentlich ganz gerne.
Ich müsste es mir einfach nur öfter zeigen.
Die Haut auf meinem Bauch juckte.
Wahrscheinlich, weil ich an Matthias dachte.
Hach!
Huh!
Hach!
Aloa!
He!
Es juckte immer noch, nun eher etwas stärker.
Ich hatte auch das Gefühl, die Haut in meinem Gesicht spannte etwas.
Ein Griff, und ich hatte die kleine Cremetube in der Hand.

Auf das Einschmieren hatte ich verzichtet, weil der Sonnenschutzfaktor ziemlich hoch gewesen war und das Endergebnis um einige Grade erfolgloser hätte werden können.
Das Gesicht aber war mein Heiligtum, mein Arbeitsinstrument.
Also salbte ich es nun gut ein, tupfte noch ein Tröpfchen auf den Bauch, setzte die Brille mit den roten Gläsern wieder auf, und weiter ging die Fahrt durch das Paradies.
Siggi.
Was er wohl gerade tat?
Peter Fehrtenbach.
War er schon auf dem Weg zum Flughafen?
An einem Symposium wollte er teilnehmen, hier in München.
Was er wohl vorhatte mit mir?
Peter Fehrtenbach.
Er konnte streng wirken.
Nachdrücklich.
Wenn es ihm um etwas ging.
Seine Augen verengten sich dann, und zwischen den schwarzen Wimpern schossen Blitze heraus.
Als wir in der Sendung über Rechtsradikalismus gesprochen hatten, da war er ungnädig geworden, kompromisslos.
Da hatte er keinen Spaß verstanden.
Aber kurz danach, als es um seine Einschätzung des Bundeskanzlers gegangen war, hatte er wieder herzlich lachen können.
Peter Fehrtenbach.
Politiker waren in der Regel anders als er.
Gewerkschafter erst recht.
Die nahmen sich wichtig wie keine andere Spezies.

Er war in erster Linie Mensch.
Mann.
Mann?
Wie war er wohl als Mann?
Wie mochte er im Bett sein?
Leidenschaftlich?
Einer, der sich in deiner Haut verbeißt und dich mit seiner Wildheit um den Verstand bringt?
Oder gab er den Passiven?
Nach dem Motto: Komm, mach du mal.
Muttersöhne tickten in der Regel eher in diese Richtung.
»Noch zwanzig Minuten!«
Ich schreckte hoch aus meinen Gedanken, denn die Computerstimme informierte mich darüber, wie lange ich noch bräunen durfte für mein Geld.
»Danke, danke, Herr Wichtig«, zischte ich, um mich wieder etwas zu entspannen.
Es war inzwischen so warm geworden, dass ich den Ventilator einschaltete. Ein leichtes Windchen sauste mir um die Ohren, und als ich meine Beine etwas hochstellte, um ein Zwischenergebnis zu checken, hätte ich um ein Haar einen Freudenschrei ausgestoßen.
Der Teint sah bereits ganz anders aus, und meine Phantasie reichte nicht aus, um mir den Zustand weitere zwanzig Minuten später vorzustellen.
Ich drehte den Wind weiter hoch.
Die 25 000 Watt hatten es ganz schön in sich.
Das Jucken auf dem Bauch setzte mir inzwischen etwas zu, denn es hatte sich ausgeweitet auf Brust und Dekolleté.
Wieder griff ich zu meinem Tübchen, aber als ich es auszuquetschen versuchte, kam nichts mehr raus.

Miniportion für Pygmäen oder was?
Ich legte mich erneut zurück und stellte die Musik etwas leiser.
Der Wind zog gut, aber es war inzwischen so heiß unter dem lila Licht geworden, dass ich den Regler voll aufdrehte.
Die Haare wehten mir ins Gesicht und vermittelten mir das Gefühl, in einen Sandsturm geraten zu sein.
Es piekte und prickelte auf den Wangen, und der ganze Körper schien inzwischen zu brennen.
Außerdem spürte ich ein leichtes Hämmern an der Schläfe.
Ich versuchte, eine Weile zu entspannen und tief durchzuatmen.
Hach.
Huh.
Hach.
Huh.
Ich sah auf die Uhr.
Noch zehn Minuten.
Mit Blick auf meine berufliche Zukunft entschloss ich mich, ein Handtuch über das Gesicht zu legen.
Zack!
Es wurde davongeweht.
Also ließ ich mich mit dem Oberkörper herunter und angelte danach, blind unter der roten Schutzbrille.
Aus welchen Gründen ich ein Problem mit dem Gleichgewicht bekam, wusste ich nicht, auf jeden Fall konnte ich nur mit einem allerletzten beherzten Griff an die untere Kante des Geräts das Schlimmste verhindern.
Ächzend warf ich mich auf die kochende Bank zurück.
Ein leichtes Klopfen, das soeben im Großhirn entstan-

den war, zeigte mir an, dass ein Stadium erreicht war, das ein Eingreifen erforderte.
Bräune hin, Karibik her, ich war eine durchschnittliche Mitteleuropäerin mit Wurzeln auf den Lofoten. Daran biss die Maus keinen Faden ab, und das würde sich in diesem Leben wohl auch nicht mehr ändern.
Mühsam quetschte ich mich unter den langen Glühbirnen heraus und stellte das Gerät ab.
Entscheidung war Entscheidung.
»Vielen Dank und Auf Widdersehhen!«
Der Mann vom Strahlenamt verabschiedete sich ordnungsgemäß.
Ich atmete auf und bemerkte, dass ich leicht schwankte.
Die kleine Leuchte über dem Spiegel wirkte wie eine trostlose Funzel gegen den furiosen Schein der lila Strahler.
Erwartungsvoll sah ich in den Spiegel.
Was ich erblickte, verschlug mir die Sprache!
Yeboah war zum Indianer geworden. Mein Gesicht war dunkelkrebsrot.
Die Unterlippe gut ausgetrocknet und bereits im Ansatz leicht aufgesprungen, was ich während des Bräunungsvorgangs nicht bemerkt hatte. Die Augen zugeschwollen. Das Schlimmste waren die Haare.
Das konnten unmöglich dieselben sein, die ich bei meiner Ankunft noch auf dem Kopf gehabt hatte.
Wie ziselierte Antennen standen sie senkrecht und waagerecht ab.
Kreuz und quer.
Vogelwild.
All die Mühe, die ich mir im Hotel gegeben hatte, war nicht nur dahin, es war alles aus.
Ich war vernichtet.

Sah aus wie ein geplatztes Sofakissen.
Wie ein explodierter Wellensittich.
War am Ende.
Ein Alien blickte aus dem Spiegel zurück.
Ich stöhnte.
Frau Dauerwelle am Empfang war ein Frisuren-Topmodel gegen mich.
Ich sah auf die Uhr.
Drei Stunden hatte ich noch bis zur Ankunft von Herrn Fehrtenbach.
Drei Stunden.
Ich konnte unmöglich ins Hotel zurückfahren, das hätte insgesamt mindestens fünfundvierzig Minuten in Anspruch genommen.
Ich musste noch den Mietwagen abholen, und ich wollte in ein Geschäft, das neu eröffnet hatte und auf das mich der Concierge hingewiesen hatte.
»Luftballons hom s' do, Gnä' Frau. Aus Helium. Die halten Wochen. Und alle möglichen Formen. Auch große rote Herzen.«
Dabei hatte er mich schelmisch angegrinst, und ich hatte beschlossen, durch eine solch ausgefallene Idee Punkte bei Peter Fehrtenbach zu sammeln.
Peter Fehrtenbach.
Der wäre in Ohnmacht gefallen, wenn er mich in diesem Zustand gesehen hätte.
Als ich bei Dauerwelle zahlte, spürte ich, wie mir die Knie wackelten.

Es war ein Polo, den die Vermietung für mich reserviert hatte.
Das einzige Auto, das noch vorhanden war an diesem Mittag.

Ausgerechnet ein Polo.
Es hätte kaum etwas Schlimmeres passieren können.
Ich hasste kleine Autos, die auch noch klein aussahen.
In denen man selber klein wurde und sich auch so fühlte.
Jemandem, der mir erzählen wollte, es wäre egal, in welchem Wagen man säße, Hauptsache, der Kerl darin wäre in Ordnung, würde ich auf der Stelle das Gespräch verweigern.
Ein Polo.
Wenn das mein Lieblingsbuch wüsste.
Darin stand:
Denke groß, lebe groß.
Setz für dich das Beste voraus, und du bist wert, es zu erhalten.
Wer es erträgt, jahrelang ein Lumpensammler zu sein, sich bescheidet und die schönsten Dinge als zu hoch für sich ansieht, wird voraussichtlich am Fuße der Leiter stehen bleiben.
Verlang das Schönste, und du wirst es bekommen.
Verlang ein ansehnliches Auto, so wirst du nicht im Polo enden.
Jammern half nicht, es war ein Polo.
Solo im Polo.
Was sonst?
Vor mir fuhr ein alter Ford.
Auch nicht viel besser.
Aber mit Charakter.
Der Mann am Steuer schien allerdings noch nicht ganz ausgeschlafen zu haben, denn wie eine Schnecke kroch er über den Highway. An der nächsten Ampel würgte er die Karre komplett ab und kriegte sie nicht mehr in Gang.

»Jesus, du bist meine letzte Rettung«, las ich auf der Kofferraumhaube.
Er schien Recht zu haben.
Dazu das Bildnis eines Erleuchteten.
Das Fahrzeug hatte keine Kopfstützen, so konnte ich die Form des Schädels von dem Fahrer erkennen.
Ein alter Mann, der die besten Zeiten des Lebens hinter sich zu haben schien.
Oder auch nicht, denn er hatte ja den Heiland.
Der nur tat nichts für ihn.
Das Auto blieb tot.
Während die übrigen Verkehrsteilnehmer ungeduldig hupten, überlegte ich, was ich tun sollte.
Natürlich fiel mir als Erstes die Tugend der Nächstenliebe ein, aber hatte Matthias nicht gesagt, man solle zuerst sich selbst hoch schätzen, um andere dann ebenso gut behandeln zu können?
Außerdem hatte ich es wirklich eilig, und schließlich war ich keine Mechanikerin.
So verkniff ich es mir wenigstens zu hupen, und rauschte vorbei.
Während ich den Polo durch die Innenstadt lenkte, dachte ich weiter an Matthias.
Kompensationsverlangen hatte er diagnostiziert, als wir über meinen Lebensstil sprachen. Nach dem Motto: Später werde ich es mal besser haben.
Seine großen blauen Augen hatten auf mir geruht, sein Blick war durchaus kritisch gewesen, als ich über meine Ängste sprechen sollte.
»Welche Gefühle sind es, die dich leiten, wenn du das Kostüm für tausend Mark und nicht das für vierhundert kaufst?«
»Es ist eine Frage des Geschmacks!«

Ha, ha, sehr komisch. Und durchaus überhaupt nicht das, was der Psychoanalytiker in diesem Moment von mir hatte hören wollen.

»Corinna, lehn dich zurück, atme drei Mal ein und aus, dann fühl in dich hinein.«

Hach!

Huh!

Hach!

Huh!

Hach!

Huh!

Ich erblickte bei geschlossenen Augen plötzlich den bunten Tausendfüßler, wie er mir mit einem dicken Bündel von großen Geldscheinen fröhlich zuwinkte und lachte.

Da wusste ich es.

»Freude fühle ich.«

Ich hatte die Augen geöffnet, mein Blick war in die Ferne gerichtet.

Der Tausendfüßler war nicht gewichen.

»Also Freude.«

Matthias schien zufrieden.

»Gibt es auch Ängste in dieser Situation?«

Ich schloss wieder die Augen.

Au Backe.

Der Tausendfüßler machte die Biege.

Jemand, der hinter einem Banktresen stand und einige Kontoauszüge studierte, sah mich nun über den Brillenrand an wie mein Mathematiklehrer früher, bevor er sagte: »Setzen! Sechs!«

»Ja, also, da ist etwas.«

Wie sollte ich das denn nur beschreiben?

»Schildere, was du fühlst.«

Matthias war wirklich gütig und nachsichtig mit mir.

»Tja«, eierte ich rum. »Da gibt es eine höhere kontrollierende Macht, die stärker ist als ich. Sie versteht mein Entzücken nicht, sie verurteilt es.«
War doch ganz gut dargestellt.
Ich war zufrieden.
»Welches Gefühl empfindest du dieser Macht gegenüber?«
Er ließ nicht locker.
Kein Wunder. Er ließ nie locker.
Zögern, bevor ich antwortete: »Unterlegenheit. Ja, es ist wohl Schwäche, die ich fühle.«
Du dickes Ei.
So weit war ich noch nie vorgedrungen in dieses unsympathische Thema.
Es gab Phasen, da hatte ich meine Bankauszüge im Schuhkarton unten im Schrank abgelegt.
Konnte meine schwere Störung, die ich in der Zusammenarbeit mit Banken verspürte, etwas mit Herrn Schmidt zu tun haben?
Das war dieser unglaublich fiese Mathelehrer gewesen, den ich von der fünften bis einschließlich neunten Klasse hatte.
Ein einziges Mal schrieb ich in einer Arbeit eine Drei.
Befriedigend also.
Sonst nur Fünfen.
Oder Sechsen.
Die Skala meiner Rechenintelligenz reicht in Wahrheit sicher bis neun.
Nach der Drei war ich selig und bekam Auftrieb.
Fühlte Motivation, sogar Selbstvertrauen.
Nun wollte es aber das Schicksal, dass genau zum Zeitpunkt dieses größten Erfolgs mein Poesiealbum bei ihm zu Hause schmorte.

Und was schrieb dieser Depp, dieser Hobbypädagoge, hinein?
Einen Spruch von Wilhelm Busch:

»Wenn einer, der mit Mühe kaum
gekrochen ist auf einen Baum,
schon meint, dass er ein Vogel wär,
so irrt sich der!«

Von diesem Tag an verachtete ich ihn zutiefst, und fürderhin schrieb ich nur noch Sechsen.

»Corinna? Wo bist du? Stör ich dich gerade?«
Ich bremste vor der Ampel, die von Gelb auf Rot geschaltet hatte.
»In München bin ich, Bébé.«
»Hör mal, Liebste, ich habe heute Nacht von dir geträumt.«
»Wie wundervoll.«
Ich fand es prima, dass man sich nachts mit mir beschäftigte.
»War es schön?«
Pause.
»Hallo, Bébé, bist du noch da?«
»Corinna, ich muss dich unbedingt sehen. Ich glaube, ich liebe dich.«
Was hatte er nur?
»Also, Bébé, das weiß ich. Ich liebe dich auch.«
Seit Jahren liebten wir uns heiß und innig, so wie man sich zugetan ist, wenn man alles übereinander weiß.
Er stand zu mir in guten wie in schlechten Zeiten, war geflohen, als seine Freundin ihn verprügelt hatte, und drei Wochen lang bei mir untergeschlüpft, bis all seine Wunden verheilt waren.
Ich konnte mich ebenso auf ihn verlassen, und sein

größter Freundschaftsdienst bestand darin, dass er eine Ehe zwischen mir und Marcel, diesem Schwachkopf, verhindert hatte.
Aber unsere Liebe war die zweier Menschen.
Nicht die von Mann und Frau.
Und darüber hatte es niemals eine Diskussion gegeben.
Was faselte er da plötzlich?
Ich schaltete in den ersten Gang und fuhr weiter.
»Bébé, hör mal. Kann ich dich zurückrufen? Es geht hier im Moment schlecht.«
»Ich muss dich sehen. Ich weiß nun, dass ich dich immer geliebt habe. Ich muss dir das erklären!«
Er klang zu allem entschlossen, der Wahnsinnige.
»In welchem Hotel wohnst du?«
»Wie immer, im Hilton. Warum?«
»Ich komme. Mit der nächsten Maschine. Wir müssen unbedingt miteinander reden, bevor es zu spät ist.«
Ich trat auf die Bremse, und der Wagen kam kreischend zum Stehen.
Das hatte mir gerade noch gefehlt.
Erstens hatte ich keine Zeit für ihn, zweitens wohnte der Gewerkschaftsmensch, zufällig, auch in diesem Hotel. Drittens hatte ich wirklich keine Lust, ihn jetzt hier zu treffen und mich mit seinen neuen Gefühlen auseinander zu setzen.
Und viertens, fünftens, sechstens …
»Das geht nicht! Du kannst nicht einfach hier anreisen!«
Lieber Gott, deine Hilfe brauch ich jetzt.
»Bin schon unterwegs, Liebste. Bis nachher, du, meine Göttin.«
Klack.
Er hatte aufgelegt.
Ach, du lieber, lieber Scheibenkleister!

In der gesamten Innenstadt schien es keinen einzigen Parkplatz zu geben.
Zum dritten Mal fuhr ich an dem Ballongeschäft vorbei, nichts.
Die Zeit drängte, und ich war mehr als nervös.
Es war zum Verzweifeln.
Ich sah mich im Rückspiegel an.
Hummer. Gekocht. In Ketchup.
Göttin!
Zum Piepen!
Schnell kurbelte ich die Scheibe herunter, um noch etwas abzukühlen.
Bébé hatte ich, aus Gründen der Kapazität meines Gehirns, zunächst einmal ad acta gelegt.
Was wollte er schon?
Am besten, er würde gleich zu Matthias fliegen, um sich von seinem Vorstellungswahn befreien zu lassen.
Hach! – Huh!
Atmen war immer gut.
Wieder ließ ich den Laden mit den Ballons hinter mir.
Da war ja ein Parkplatz!
Gleich mehrere sogar.
Die ganze Reihe am Bürgersteig gegenüber war frei.
Dass ich das nicht gleich gesehen hatte.
Schnell wendete ich, holperte über die Straßenbahnschienen und parkte ein.
Beim Aussteigen spürte ich wieder leichten Schwindel, wahrscheinlich weil ich es so eilig hatte.

Die Verkäuferin ließ sich Zeit.
Einen roten Ballon in Form eines Herzens hatte sie momentan nicht aufgeblasen.
Nur mit der Aufschrift: I love you.

Vielleicht ein bisschen viel des Guten.
Ich entschloss mich zu der einfachen Ausführung.
»Do müssens fünf Minuten wortn.«
Sie hatte einen Dialekt wie Gisela Schneeberger in ihren besten Zeiten.
Gewollt fein und vorsätzlich unmundartlich.
Mit fetten Ts und fetten Ds.
Ich liebte es.
Leider sprach sie nicht mehr mit mir, sondern machte sich an der Blasebalgmaschine zu schaffen.
In Gedanken rechnete ich die Zeit nach.
Wenn ich mein Geschenk hatte, würde ich im Sprint Richtung Flughafen sausen.
Blieben mir dort noch fünfzehn Minuten für ein Reparatur-Make-up und ein Repair-Hairstyling.
Wenn überhaupt noch irgendetwas auf dieser Welt helfen würde.
In einer Vitrine aus Spiegelglas musterte ich mich. Die Röte im Gesicht war inzwischen etwas zurückgegangen, dennoch hatte mein Teint nicht im Entferntesten etwas mit der Kaffeeschönheit auf dem Plakat zu tun.
Die Frisur war schlicht und einfach indiskutabel.
Da könnte entweder nur ein Hut oder ein Wunder helfen, und ich hatte nicht die geringste Ahnung, welche Idee mir dazu noch einfallen würde.
Frau Schneeberger hatte Probleme.
»Sie, des geht gar nicht. Kruzifümpferl.«
Sie hämmerte mit einer Schere auf der Maschine herum.
»Irgendetwas klemmttttt!«
Klasse.
Besser konnte es nicht kommen.
Die Zeit lief mir davon.

Wenn ich sie jedoch jetzt drängte und noch verrückt machte, wäre alles aus. Ich versuchte sie anzulächeln. Davon nahm sie keine Notiz, denn nun war sie damit beschäftigt, die Schere zu reparieren.
Hach!
Huh!
Matthias, diese Situationen scheinst du nicht zu kennen, sonst hättest du nicht behauptet, es funktioniere immer.
Irritiert blickte die Verkäuferin mich an.
»Was ham S' g'sagttt?«
»Äh, nichts.«
Ich hatte zu laut geatmet.
»Äh, ich meine, ich müsste mich etwas beeilen.«
Dabei sah ich unterstützend auf die Uhr, nun mit einem winzigen Hauch des Vorwurfs in der Stimme.
Sie konnte schließlich nicht mit meiner Zeit umgehen, wie sie gerade lustig war.
»Tja, dann müssn S' später wiederkommen, in einer halben Stunde. Ham S' noch was zu erledigen?«
Sie wirkte durchaus kooperativ.
»Nein, habe ich nicht.«
Ich jetzt nicht mehr so sehr.
Also wandte ich mich ab.
»Lassen Sie es gut sein, ich kaufe etwas anderes.«
Damit ging ich zur Tür.
»Warten S'«, schrie sie plötzlich.
»Ich hab's endddlich.«
Wuff! Wuff! Wuff! Paaafff!
Ich hörte, wie das Helium in die rot gelackte Alufolie strömte.
Ganz in Ordnung schien der Apparat nicht zu sein.
Sie strahlte mich an. »Was meinen S', wie lang des hälttt?«

»Ich weiß, Wochen.«
Also wirklich, etwas Tolleres hatte ich in meinem Leben nicht gesehen.
Inzwischen wäre ich froh gewesen, wenn es nicht mehr funktioniert hätte, denn plötzlich war ich unsicher geworden. Konnte ich denn einem Gewerkschaftsfunktionär beim ersten Treffen einen solchen Ballon schenken? Ein großes rotes Herz?
Mensch, Feldmann.
Egal, ich konnte ihn ja auch behalten oder dem Portier schenken oder Bébé.
Nee, dem lieber nicht, sonst verstand er am Ende etwas falsch. Das Missverständnis schien mir eh schon groß genug.
»Achtunddreißig Mark, bitte. Einpacken lohnt ja wohl nicht.«
Schneebergerin lachte herzhaft über ihren Witz, und schluckend zahlte ich.
Wenn das mein Banker wüsste!
Der Ballon war riesig.
Als ich ihn an einem dünnen Fädchen in der Hand hielt und er vor meinem Gesicht herumbaumelte, sah ich nichts mehr. Er war mindestens drei Mal so groß wie mein Kopf.
Mit Müh und Not kam ich zur Tür hinaus und landete mitten in ohrenbetäubendem Lärm.
Straßenbahnklingeln versuchten sich gegenseitig zu übertönen, Autos hupten, ich vernahm die Sirene eines Polizeiautos, das sich zu nähern schien.
Sehen konnte ich nichts.
Außer rotem Lack.
Meinen roten Begleiter zur Seite drückend, äugte ich nach vorn, um mitzukriegen, was da ablief.

Ich glaubte es nicht.
Vier Straßenbahnzüge standen hintereinander und konnten nicht weiterfahren.
Hunderte Menschen waren ausgestiegen, um schimpfend und diskutierend die Szenerie vor Ort zu erkunden.
Dahinter, daneben, davor Staus von Autos, deren Lenker ebenfalls stocksauer zu sein schienen und wild gestikulierten.
Ein Feuerwehrwagen und ein Zug des Technischen Hilfswerks hatten ebenfalls Platz gefunden, um dieses eine kleine weiße Fahrzeug, das mitten auf den Schienen parkte, in Augenschein zu nehmen.
Es handelte sich um einen Polo.
Meinen Polo.
Schnell verschwand ich hinter dem Ballon, und mir wurde auf der Stelle speiübel.
Ich hirnverbrannte Kuh.
Ich Rhinozeros.
Zu dumm, einen Eimer Wasser umzuschmeißen.
Ich hatte mitten auf den Schienen geparkt.
Ich hatte sie nicht gesehen, einfach ignoriert in meiner Eile.
Mich noch gewundert über die vielen freien Plätze.
Himmel, was sollte ich jetzt tun?
Ich konnte unmöglich dorthin gehen und mich als dämlichste Blondine unter dieser Sonne zu erkennen geben.
Andererseits konnte ich auch nicht einfach abhauen.
Im Fahrzeug waren meine Tasche, meine Papiere, meine Jacke, mein Leben.
Herr, hilf!
Was hatte ich verbrochen, dass ich so schwer bestraft wurde?

In diesem Augenblick musste ich an meine Mutter denken.
»Kind, es gibt Situationen im Leben, da musst du dich gerade machen wie ein Laternenpfahl. Auch wenn es wehtut. Das nennt man Courage. Und Courage hatte man immer in unserer Familie.«
Madame Courage.
Ich reckte mich hinter dem Gasballon nach oben.
Mademoiselle Courage.
Oh, Mann, oh, Mann.
Enfant Courage.
Und wie ich aussah.
Da stand ich also mit diesem albernen Ballonvieh im Arm, die Haare wehten wie gestärkte Wollfäden um mein zermartertes Gesicht, und mir war schlecht und schwindelig.
25 000 Watt.
Ja, natürlich, Dauerwelle hatte es mir ja erzählt.
Es gibt Leute, die bekommen Kreislaufprobleme danach.
Ich hatte nicht nur die, sondern war außerdem komplett verrückt geworden.
Es half nichts.
Übergeschnappt oder wahnsinnig, ich musste da jetzt rüber.
Natürlich war mir klar, wie das folgende Bild für die auf der anderen Seite wirken musste.
Ein großer roter Heliumballon mit Bauch, Beinen und Po näherte sich.
Dahinter: ein kleiner roter Ballon. Mit gelber Fusselwolle obendrauf.
Und dieses Gebilde war die Ursache allen Übels.
Sämtliche Wut, die sich hier zusammengebraut hatte, würde sich gleich entladen.

Über Fusselkopf.
Was sollte ich konkret machen?
Zum Auto gehen, aufschließen und wegfahren?
War wohl kaum möglich.
Diskutieren?
Aber mit wem?
Da waren Hunderte.
Einen kleinen Moment lang hatte ich den Impuls, zur Schneebergerin zurückzulaufen und mich in dem Geschäft zu verbarrikadieren.
Aber die Frau stand selbst schon mit verschränkten Armen in der Tür und staunte über das Spektakel.
Mama!
Siggi.
Tausendfüßler.
Wo wart ihr?
Lasst mich ohnmächtig werden.
Niemand half.
Hach!
Huh!
Eine Farce, lieber Matthias!
Ich schreckte hoch.
Ein weiteres Polizeifahrzeug kam herangerast und hielt mit quietschenden Reifen und federnder Motorhaube direkt vor meinen Füßen. Zwei Beamte sprangen heraus.
Jetzt nehmen sie dich fest!
Es durchfuhr mich blitzartig, und ich merkte, wie ich plötzlich das Bedürfnis spürte, eine Damentoilette aufzusuchen.
Einer der beiden sah mich mit zusammengekniffenen Augen unter seiner Mütze an, musterte mich kurz von oben bis unten und folgte dann seinem Kollegen, der schon abgebogen war in Richtung Unglückspolo.

Keine Ahnung, warum ich in einem solchen Moment, in dem alle Muskeln des Körpers angespannt waren und mein Geist auf Hochtouren lief, in einem Moment, in dem ich von Hunderten Menschen umringt war, die kurz davor waren, mich zu lynchen, warum ich da anfangen musste zu singen?
Stressbewältigung?
Hilflosigkeit?
Debilität im Endstadium?
»Wieder mal daneben, he, he, he he. Der Clown, he, he, he …«, tönte es aus meinem Mund.
Was sollte das nur?
Ich hatte sie einfach nicht mehr alle.
Unbeirrt sang die fremde Frau in mir weiter:
»Und ich ball meine Faust und sag, ich bin stark. Ich bin stark, ich bin stark.«
Wenn ich Gitte Haenning nicht gehabt hätte.
Jetzt verstand ich.
Natürlich kam sie mir im richtigen Moment zu Hilfe, schlich sich in mein Unterbewusstsein und stützte mich. Es kam, das merkte ich gerade, nicht darauf an, dass ich sang, sondern was ich sang.
»Iiiich biiin staark!«
Und wie das stimmte.
Ich war stark.
Und ich liebte die Haenning.
Ihr verschmitztes Gesicht.
Ihre herrlich aufsässige Stimme.
Und ich war genauso stark wie sie.
Ja, Schwester, ich habe ebenfalls viel erreicht im Leben, bin ein selbstsicherer, fröhlicher Mensch mit genügend Kraft wie du und liebe das Leben. Mit allem, was dazugehört.

Ich bin stark.
Unvermittelt fühlte ich grenzenlose Sympathie für mich. Hätte ich den Ballon nicht im Arm gehabt, dann hätte ich mich selber umschlossen.
Zärtlich drückte ich das Helium an meine Brust.
»Baby, es geht los«, flüsterte ich. »Wo steht das Klavier?«
Ich gluckste leise.
Ich steuerte mich durch das Gewühl und war froh über die riesigen Ausmaße des Ballons. Ich konnte zwar nicht viel sehen, aber die anderen sahen mich ebenfalls kaum.
Einer der Polizisten ging um den Wagen herum.
Er hatte die Hände als Sonnenschutz über die Augen gelegt und versuchte hineinzuschauen.
Auf ihn steuerte ich direkt hin.
»Kann ich Ihnen helfen?«
Das war einer meiner ausgeprägtesten Wesenszüge: im entscheidenden Moment, in dem andere schon tot überm Zaun hingen, noch ein Witzchen auf den Lippen bereitzuhaben.
Er reckte sich auf und schaute auf den Ballon.
»Hier bin ich«, scherzte Fusselköpfchen und kam dahinter zum Vorschein.
»Könnte es sein ...«, begann er.
Es war ihm deutlich anzusehen, dass er sich auf einem äußerst schmalen Grat befand, nämlich zwischen jungenhaftem Lachen und strikter königlich-bayerischer Amtsausübungspflicht.
»Ja, Euer Ehren, es ist so! Ich bin die Halterin dieses Fahrzeugs. Also, ich meine, die Mieterin oder so. Nehmen Sie mich fest, töten Sie mich oder schenken Sie mir das Leben. Es liegt in Ihren Händen.«
Ich trat sie an, die bekannte Flucht nach vorn.

Es hatte wohl eine Weile gedauert, bis die Umstehenden begriffen, dass die Verursacherin des Dramas auf der Hauptbühne erschienen war.
Aber anstatt Applaus zu spenden, setzte nun das Pfeifkonzert ein.
Wütend schrie der Mob, noch lauter als vorher, einige kamen näher, um mir, der Schwerverbrecherin, ins Gesicht zu blicken.
Ein klitzekleines, krummes graues Männchen löste sich aus dem Pulk und humpelte dicht an mich heran.
Den knorrigen Zeigefinger spitz und drohend auf mich gerichtet, hüstelte es mit hoher Fistelstimme, die mir eine Gänsehaut über den Rücken jagte:
»Eingschpeert ghört die! I sogg's eich: Eingschpeert ghört dies Frauenzimmer.«
Hallelujah!
Das war wie bei Les Misérables.
Ich konnte den Volkszorn ja verstehen, denn ich hatte dafür gesorgt, dass diese Leute für eine ganze Weile aufgehalten worden waren und ich ihnen somit wertvolle Zeit gestohlen hatte. Eventuell kamen sogar einige nicht rechtzeitig zu wichtigen Terminen.
Und die Straßenbahnen hatten allesamt eine saftige Verspätung.
Das war mir alles klar.
Und dass es den Betroffenen schwerer fallen würde als mir, in einer derartig verfahrenen Situation noch ein Quäntchen Heiterkeit an den Tag zu legen, auch dafür hatte ich tiefstes Verständnis.
Dieses hier aber war ein Angriff.
Einer von Mensch zu Mensch.
Einer, der mir wirklich Angst machte.
Ich wusste, wenn ich dies über mich ergehen ließe,

ohne mich dagegen zu wehren, würde ich es mir nie verzeihen.
Ich musste ganz schnell handeln.
Also drückte ich dem verdutzten Polizisten, der stumm geworden war, meinen Ballon in die Hand, drehte mich zu Rumpelstilzchen um, packte ihn am Kragen, riss ihn nah und hoch an mich heran und zischte:
»Und wenn du jetzt nicht still bist, hau ich dich!«
Er wich entsetzt zurück und schnappte nach Luft.
Dem geöffneten Mund wollten Wortfetzen entfliehen, aber jeder Ton erstarb ihm auf den Lippen, als er mir in die Augen sah.
In die wild entschlossenen Augen.
Ich glaube, ich hätte ihm wirklich eine gescheuert, wenn er nicht Ruhe gegeben hätte.
Und dann drehte er sich um.
Humpelte erst langsam los, machte noch einmal kehrt, verharrte, Ungläubigkeit und Fassungslosigkeit im Blick, während er mich ansah, drehte mir sodann den Rücken zu, um für alle Zeiten zu verschwinden.
So schnell, wie es ihm seine Gebrechen erlaubten, hastete er davon.
Er rannte um sein Leben.
Innerhalb von wenigen Sekunden war Rumpelstilzchens Auftritt beendet.
Der Ernst der Situation schien den Umstehenden nicht verborgen geblieben zu sein, denn es war plötzlich merklich stiller geworden. Nur noch vereinzelte Rufe schollen zum Tatort herüber.
Ich war gemeingefährlich.
Das war den Menschen jetzt klar.
Nicht genug, dass ich den gesamten Verkehr in der Innenstadt lahm gelegt hatte, ich war zudem gewalttätig.

Der rote Ballon sorgte mit Sicherheit auch nicht für großes Vertrauen.
Ich lächelte den Polizisten an.
»Dürfte ich jetzt fahren?«
Er atmete tief durch und versuchte ebenfalls zu lächeln, indem er mir den schwebenden Partner überreichte.
»Lassen Sie mich noch die Personalien aufnehmen, den Abschleppwagen schicke ich wieder weg, und die Rechnung wird Ihnen vom Amt zugeschickt.«
Der junge Mann meinte es gut mit mir, also nahm er meinen Oberarm und schob mich in Richtung Polo.
Kinogriff.
»Setzen Sie sich schon mal rein, ich komme gleich zu Ihnen.«
Es war wie im Film.
Stumm und mit geöffneten Mündern verfolgte das Publikum die letzte Szene, in der der Bösewicht abgeführt wurde.
Applaus gab es keinen.
Als ich die Fahrertür aufgeschlossen und geöffnet hatte, stellte ich fest, dass mein Freund, Mister Helium, nicht in das Auto passte.
Zu dick, zu umfangreich.
Das konnte doch nicht wahr sein.
Die Blicke der Umstehenden bohrten sich wie Pfeile in meinen Rücken.
Ich drückte und quetschte und boxte und schob.
Oberhalb des Sitzes, daneben, dahinter.
Nichts.
Alles vergeblich.
Prall gefüllt wie das Leben, glänzte das Herz mich hochrot an und widerstand sanft, indem es, kaum hatte

ich meine Hände davon genommen, versuchte zu entschweben.
Herrschaftszeiten!
Schweißperlen erschienen auf meiner Stirn, als mir endlich der rettende Gedanke kam.
Dieses Auto hatte eine Heckklappe, die größer war als die verdammte Fahrertür.
Ich öffnete sie und:
Bingo!
Die Kandidatin hatte hundert Punkte.
»Nachname?«
»Feldmann!«
»Vorname?«
»Corinna.«
»Geboren?«
»Ja, leider!«

Das Handy klingelte.
Wer konnte das jetzt sein?
Ich war kurz vor dem Flughafen, hatte null Komma null Sekunden Zeit. In wenigen Augenblicken sollte die Maschine mit Herrn Dr. Fehrtenbach landen.
Ich schnaufte.
Er kam aus einer Welt, die sich in ihren Fugen befand.
In der alles geordnet seinen Ablauf hatte.
Ich dagegen steckte im Chaos.
In den größten Wirren meines Lebens.
Das Handy klingelte unbeirrt weiter.
»Ja, hallo?«
»Corinna, Liebste, ich lande in anderthalb Stunden in München. Kannst du mich abholen? Wir könnten dann …«
Weiter kam Bébé nicht.

»Ich glaube, du hast einen Vogel«, brüllte ich in die Muschel.
»Ich kann dich nicht abholen, ich will dich nicht abholen, und ich will überhaupt nicht, dass du hierher kommst.«
Ich schmiss mich zurück und rechnete mit einem Herzanfall.
Es war einfach zu viel.
Das konnte das stärkste Pferd nicht tragen, was das Schicksal mir heute bis zu diesem Moment aufgeladen hatte.
»Aber …«, klang es kleinlaut aus dem anderen Land.
»Corinna, warum bist du so wütend?«
Ich bog in das Flughafengelände ein und bemühte mich, meine Stimme ruhig klingen zu lassen. Immerhin sollte es ein endgültiger Satz sein, den ich jetzt sagen würde.
»Bébé, ich bin jetzt am Flughafen. Ich hole dort einen Mann ab, auf den ich scharf bin. Mit ihm werde ich den Abend verbringen. Vielleicht auch noch mehr. Dich kann ich überhaupt nicht brauchen hier. Ich habe keine Zeit für dich und bin an dem, was du mir erzählen möchtest, nicht im Geringsten interessiert. Ist das klar?«
Hach! – Huh!
Das musste gesessen haben.
So blöd konnte Bébé nicht sein, dass er nicht verstand.
Es war brutalste Holzhammermethode, vorsätzlich und bösartig.
Keine Antwort.
Er schwieg.
Oder schmollte er?
Sollte er doch.

Ich suchte einen Parkplatz.
Alles voll.
Das hatten wir doch heute schon mal.
Ich blickte auf die Uhr.
Time.
Mein Gewerkschafter müsste, wenn alles nach Plan gelaufen war, in diesem Moment landen.
Ich wollte Bébé endlich abwimmeln, denn bei einer kleinen Verspätung könnte ich mich noch rasch ein bisschen restaurieren.
In diesem Zustand würde mich Peterle am Ende gar nicht erkennen.
»Bébé? Bist du noch da?«
»Ja, Göttin. So schnell wirst du mich nicht los.«
Seine Stimme klang weich.
Zu weich.
»Ich muss jetzt Schluss machen. Tschüss, mein Freund.«
Ich fasste es nicht.
Nachsichtig fügte ich hinzu: »Und dass du mir nicht hier erscheinst. Wir telefonieren später. Ich rufe dich an.«
Klack!
Ich beendete das Gespräch, parkte dort ein, wo gerade ein silberner Mercedes hinausgefahren war, vergewisserte mich, dass außer dem eingeschränkten Halteverbot keine weitere Gefahr drohen konnte, nahm meine Tasche vom Beifahrersitz und setzte mich in Windeseile in Bewegung Richtung Ankunftshalle.

In vielen Momenten meines Lebens hatte ich die Lufthansa zum Teufel gewünscht.
Heute war die Fluggesellschaft meine Verbündete.
Meine Freundin.
Die Maschine hatte eine Dreiviertelstunde Verspätung.

Wow!
Damit könnte ich was anfangen.
Sofort schaltete ich einen Gang zurück und schlenderte, meine Gedanken ordnend, Richtung Damentoilette.
All das, was ich erlebt hatte bis zu diesem Moment, musste ich aus meinem Gedächtnis schaffen.
Ich musste frei sein, klaren Kopfes in die neue Situation gehen.
Für ihn da sein, ohne den Müll, der mir noch anhaftete.
Ich musste die Verbrecherin vergessen, die Geistesgestörte, die Gewalttätige, die arme alte Männer körperlich bedroht hatte. Die beinahe festgenommen worden und im Gefängnis gelandet wäre.
Er war Gewerkschafter.
Sein Leumund wäre dahin gewesen mit einer wie mir an der Seite.
Ich musste das Programm ändern.
Hach!
Huh!
Hach!
Huh!
Ich setzte mich auf eine Bank und schloss die Augen.
Hach!
Huh!
Das tat gut.
Ich merkte, wie ich mich entspannte.
Meine Füße fühlte.
Jeden einzelnen Zeh.
Ich zählte sie durch.
Waren alle noch da.
Ich fühlte mich die Beine empor, verharrte einen Moment bei den Knien.

Sie wurden warm.
Durchbluteten angenehm.
Hach!
Huh!
Mein Körper pulsierte.
Ich fühlte und atmete mich weiter hoch, bis ich die Schädeldecke erreichte und mit einem tonlosen Om alle Missstände dieser Erde durch die ehemalige Fontanelle nach außen stieß.
Hach!
Huh!
Es ging mir schon beträchtlich besser.
Nein, ich fühlte mich hervorragend.
Unvergleichlich.
Ich war zurückgekehrt zu mir selber.
Konnte mich wieder auf mich einlassen.
Berechenbar. Zuverlässig.
Da saß ich, war eins mit mir, der Welt und dem Kosmos.
Wie wundervoll.
Ich atmete weiter und schlüpfte in die Rolle der Heiligen.
Sie sah schön aus.
Rein wie Honig.
Klar wie das Wasser eines Gebirgsbaches.
Mild wie Lavendel im Sommerwind.
Anmutig wie Jerry Hall.
Ich öffnete die Augen.
Da wäre noch einiges zu erledigen, Mrs. Hall.
Sie sollten sich beeilen.

Während ich der derangierten Person im Spiegel die roten Stellen im Gesicht mit etwas Camouflage abzudecken versuchte, klingelte mein Handy erneut.

»Nein, Bébé, nicht schon wieder du!«
Ich schaute auf das Display.
Es war nicht Bébés, sondern Maikes Nummer, die dort erschien.
»Hallo, Maike, was gibt es?«
Souverän, so was.
Sie war überrascht.
»Woher weißt du, dass ich es bin?«
»Telepathie, Baby. Wo steckst du?«
Manchmal konnte ich wie ein Kerl sein.
Locker und lässig.
»Auf dem Flughafen.«
Ich meinte, Triumph in ihrer Stimme vernommen zu haben. Ehrlich gesagt, war ich auch erstaunt. »Was machst du am Flughafen?«
»Du wirst es nicht glauben: Ich fliege nach München.«
»Häh?«
Warum, um alles in der Welt, wollten alle Leute heute ausgerechnet nach München?
»Er hat mir ein Flugticket geschenkt. Hat in München zu tun die nächsten Tage.«
Sie klang überglücklich.
»Wer denn?«
Ich verstand nur noch Bahnhof.
»Meine neue Flamme.«
»Ach, Mister Staatsgeheimnis meinst du?«
Langsam begriff ich.
Sie wäre wahrscheinlich auch jetzt nicht bereit, mir zu verraten, um wen es sich handelte, so bemerkte ich lediglich, während ich einige Stäubchen Puder auf meine Nase streute, dass ich mich für sie freute.
Dann schlug ich ihr vor, gemeinsam einen Kaffee im Englischen Garten zu trinken.

»Wieso, kommt du auch nach München?«
Sie klang überrascht.
»Ich bin in München, Schatz. Am Flughafen. Und ich warte auf *meine* neue Flamme.«
Ich hatte den Satz wie die Nachrichten gesprochen.
Cool, neutral und plakativ.
Seriös und glaubhaft eben.
»Deine neue Flamme? Von wem sprichst du?«
»Kann ich dir leider nicht verraten. Es muss nämlich geheim bleiben. Zunächst auf jeden Fall!«
Pah, konnte ich fies sein.
Aber im Grunde genommen stimmte es, was ich sagte.
Musste wirklich nicht jeder wissen, dass ich mich mit einem von der Hilfsorganisation für Arbeitnehmer traf.
Maike hätte ich es erzählen können, aber wie war das mit dem kategorischen Imperativ?
Pech gehabt, meine Liebe.
Maike brauchte einen Moment, bis sie sich gefangen hatte.
»Wo wohnst du?«
»Im Hilton, und du?«
»Ich auch.«
Hm.
Der Geheimnisvolle hatte sie dort bestimmt untergebracht.
»Er hat mich dort eingebucht«, bestätigte sie meine Vermutung.
Der Fall begann interessant zu werden.
Wer war der gottverdammte Typ?
Hatte er am Ende etwas mit Peter Fehrtenbach zu tun?
Ich überlegte.

Natürlich!
Maike hatte ihn geschminkt, als er in meiner Sendung zu Gast war.
Hatte sie etwa …?
Hatte er etwa …?
Konnte es sein, dass er doppelgleisig fuhr?
Deswegen die Geheimnistuerei.
Sie konnte mir natürlich unmöglich erzählen, dass sie etwas mit ihm zu tun hatte.
Andererseits ahnte sie nicht, dass ich auch Gefallen gefunden hatte an ihm.
Und er, der Genießer, wollte alles haben.
Wusste natürlich nicht, dass Maike und ich befreundet waren.
Dieser Mistkerl!
Ich musste an meine Großmutter denken.
Sie mochte sein, wie sie wollte, aber in diesem einen Punkt hatte sie immer Recht!
Männer waren Schweine.
»Hör mal, Maike. Es könnte nicht zufällig sein, dass du dich mit einem von der Gewerkschaft triffst, oder?«
In einem solch eklatanten Fall gab es nur eines: Offensive!
Wir Frauen mussten zusammenhalten.
Ich vernahm ein Schlucken am anderen Ende, das sich nach Zustimmung anhörte, ich hatte also Recht.
»Maike!«
»Ja, Corinna?«
»Ich hab dich was gefragt!«
»Ähm. Also weißt du, ich kann jetzt nicht … ich meine, ich muss jetzt Schluss machen.«
Nein, das jetzt nicht. Ich wollte die Sache zu Ende bringen.

»Warte, Maike. Du musst mir die Frage beantworten, bitte!«
»Lass uns treffen, nachher, in München. Tschüüss!«
Feigling!
Kruzifix noch mal!
Sie hatte aufgelegt, nicht ahnend, was da im Anmarsch war.
Peter Fehrtenbach.
Du Matz!
Elender!
Das hätte ich nicht von dir gedacht.
Griff sich die Moderatorin und auch gleich noch die Maskenbildnerin.
Warum wunderte ich mich überhaupt?
So waren sie eben, die Männer.
Und die Gewerkschafter schienen noch eine Spur abartiger zu sein.
Na, warte.
Komm du hier an, mein Freund!
Entschlossen guckte ich in den Spiegel.
Viel zu hübsch war ich für ihn.
Hatte mir noch extra Mühe gegeben.
War unter dieses verdammte Sonnengerät gekrochen und hatte mir den Pelz verbrannt.
Alles seinetwegen.
Mistkrücke!
Mit drei Handgriffen hatte ich mein Haar geordnet, packte meine Pinsel ein und stapfte wütend aus dem Damentö.

Er lächelte, als die milchverglaste Schiebetür sich automatisch öffnete und er mit einem kleinen Köfferchen in der Hand herauskam.

Ich lächelte nicht.
Oder vielleicht ein bisschen.
Höflichkeitshalber.
Und wohl auch ein wenig verkrampft.
»Welch eine Freude, Sie hier zu sehen.«
Donnerwetter, er war ein fabelhafter Schauspieler.
Man konnte wirklich glauben, er meinte mich. Ausschließlich mich.
»Willkommen.«
Sehr nett klang es wohl nicht, was ich von mir gab.
Aber wozu auch, Herr Gibson?
War es nicht Mel Gibson gewesen, der Tausende Frauen gehabt hatte, sie gegeneinander ausgespielt und sie allesamt betrogen hatte, bis er endlich die eine heiratete, der er vier Kinder machte?
Ich überlegte.
Nein, Beatty. Warren Beatty war es.
Egal, Mel Gibson war wahrscheinlich auch nicht besser.
Alles eine Mischpoche, diese Kerle.
Der Mann war stehen geblieben und sah mich etwas besorgt an.
»Ist etwas nicht in Ordnung?«
»Doch, doch«, versicherte ich schnell und feige.
Ich konnte ja nicht jetzt und hier eine Szene machen, wenngleich der Fall klar war wie das Blau seiner Augen.
Menschenskinder, sah er gut aus.
Es schien, als hätte er abgenommen, wirkte asketischer, als ich ihn in Erinnerung gehabt hatte.
»Haben Sie kein Gepäck außer dieser Tasche?«
Praktisch, wie sie war, übernahm Mama das Kommando.
»Doch, doch, aber das wird ins Hotel gebracht.«
Er lächelte mich an.

»Wir können los, wenn Sie wollen.«
Feldmann, reiß dich jetzt zusammen. Vielleicht war ja doch alles ein Missverständnis und ich tat dem Mann am Ende Unrecht?
Quatsch, ich konnte schließlich eins und eins zusammenzählen.
Trotzdem: Ich musste einen Weg finden, mit der Situation klarzukommen. So ging es auf keinen Fall weiter.
Alexandra fiel mir ein.
»Mäuschen«, hatte sie mir einmal gesagt, als wir betrunken in einer Hotelbar versackt waren und sie mich in die Geheimnisse zwischen Mann und Frau einweihte, die entweder nie gelüftet wurden oder aber auf magische Weise wie in diesem Augenblick.
»Mäuschen, merk dir: Du bist eine Frau.
Und die ist dem Mann weit überlegen.
In jedem Punkt.
In Gefahrensituationen musst du lernen zu spielen.
Sie auszuspielen.
Sei sanft wie ein Lamm, auch wenn es in dir tobt.
Du kannst die Gefährlichkeit einer Katze haben, aber du darfst nie vergessen zu schnurren.
Im allerletzten Fall darfst du zur Mörderin werden, aber sorge dafür, dass dein Opfer ahnungslos und glücklich stirbt.«
Ach, Alexandra! Wie gut, solche Freundinnen zu haben.
Miss World war sie gewesen, vor einigen Jahren.
Aber sie war auch eine Studierte.
Kunstgeschichte und Philosophie.
Sie war eine Philosophin. Fürs Leben.
Alexandra war unendlich weise, und ich hatte bis zu diesem Tag keine Frau kennen gelernt, die die Männer so um den Finger wickeln konnte wie sie.

Wie Schwachköpfe verhielten sie sich in ihrer Anwesenheit. Wie Gockel, Tölpel, ungeschickte Narren.
Ja, sie hatte Macht über Männer, und weil ich nun schon seit vielen Jahren mit ihr befreundet war, sollte ich die Regeln in diesem Moment anwenden können.
Leicht warf ich den Kopf in den Nacken und strahlte den Genossen an.
Und begann zu schnurren.
Sanft wie ein Lamm.
Wie ein Lämmchen.
»Wollen wir ins Hotel fahren?«
Dabei nickte ich suggestiv mit dem Kopf, dass er gar nicht anders konnte, als Ja zu sagen.
Ich dachte weiter an Alexandra und stellte das Wackeln im Hinterteil an. Erste Stufe.
Warum sollte ich nicht um ihn kämpfen?
Auf Dauer konnte ohnehin nur eine das Rennen machen, Maike oder ich.
Er nahm meinen Arm und führte mich hinaus.
Es war ein gutes Gefühl.

Während der Fahrt erzählte mir Peter Fehrtenbach, dass er den Abend über keine Termine mehr habe und ihn mit mir verbringen wolle.
Für den folgenden Tag sah es allerdings schlecht aus mit uns.
Von frühmorgens an hatte er Verpflichtungen.
Ja, klar.
Ich wusste Bescheid.
Verpflichtungen.
Die Maike hießen.
Egal. Er hatte in einem gemütlichen Restaurant in Schwabing einen Tisch für uns reserviert, und dank der

mentalen Hilfe meiner geliebten Freundin Alexandra freute ich mich auf unsere gemeinsamen Stunden.

Während er im Hotel eincheckte, ging ich in mein Zimmer, um mich frisch zu machen.
Ich entsicherte die Tür mit der Magnetkarte, trat ein und erstarrte.
Auf meinem Bett lag Bébé.
Das konnte nicht wahr sein.
Wie war er nur hier reingekommen?
Er schien gedöst zu haben, denn er rieb seine Augen, nachdem er sich ruckartig aufgesetzt hatte.
Theatralisch breitete er seine Arme aus und sagte feierlich: »Komm zu mir, meine Göttin, ich habe hier auf dich gewartet, auf meine große Liebe.«
Ich schnappte nach Luft.
»Bist du geistesgestört? Was machst du hier in meinem Bett? Wer hat dich überhaupt reingelassen?«
Die Frage erübrigte sich, denn wer Bébé kannte, wusste, dass es für ihn auf der Welt weder Grenzen, Barrieren noch verschlossene Türen gab.
Wenn er wollte, kam er überall rein.
Keine Kraft konnte ihn je aufhalten, wenn er es nicht wollte.
»Nun komm erst einmal rein, schließ die Tür und mach es dir bequem.«
Kopfschüttelnd folgte ich seinem Wunsch.
»Setz dich.«
Aufmunternd klopfte er mit der Hand auf die Bettdecke.
Mit schweren Schritten näherte ich mich, ließ mich mit einem Seufzer nieder.
»Und nun wollen wir reden.«
Gütig lächelte er mich an.

Ich wusste immer, dass Bébé eine Macke hatte.
»Liebst du mich?«
Ein Schein des Glücks huschte über seine Miene.
Was sollte ich nur machen?
In manchen Momenten war er zu allem fähig.
Er hatte mir erzählt, dass eine seiner früheren Freundinnen nach einem heftigen Streit große Angst vor ihm gehabt habe. Nur weil er sie ein klein wenig geschubst habe. Und sie gestürzt sei. Und sich unglücklicherweise den Arm dabei gebrochen habe.
Dass er gedroht habe, sie umzubringen, sei nicht so gemeint gewesen.
Ich musste vorsichtig sein.
»Hör mal, Bébé, ich kann jetzt nicht mit dir diskutieren ...«
Sanft schloss er mir mit dem Zeigefinger den Mund.
»Du sollst mir antworten.«
Horror!
Du dickes Ei.
Ich spähte auf meine Armbanduhr.
Eine Viertelstunde noch, dann wartete Fehrtenbach in der Lobby auf mich.
Umziehen wollte ich mich auch noch.
Nur wie?
Mit dem Riesenbaby auf dem Bett.
»Bébé«, versuchte ich es wieder und wand meine rechte Hand aus seiner linken.
»Ich bin verabredet. Gleich. Unten in der Hotelhalle. Und ich möchte dahin. Ich will mit dir jetzt nicht reden, verstehst du?«
Ähnlich muss sich der Dressurmeister im Zirkus fühlen, der ein krankes Kamel vor sich hat.
Ich stand auf.

»Sei nicht unfair und verdirb mir nicht den Abend.«
Ich drehte mich um und bewegte mich zum Badezimmer.
»Nun gut«, verfolgte mich seine Stimme, ohne dass er sich erhob.
»Ich werde hier auf dich warten.«
Himmel noch eins.
War ich im Kindergarten?
Hatte ich eine Gouvernante bestellt?
War ich noch fähig, eigene Entscheidungen durchzusetzen?
Zu sagen, was ich wollte oder was ich, verdammt noch mal, auf keinen Fall duldete?
»Hör mal zu!«
Blitzartig drehte ich mich zu ihm um und hatte den Zeigefinger ausgefahren.
»Du wirst jetzt nach unten gehen und ganz normal einchecken. Du wirst dir ein eigenes Zimmer nehmen, und dort kannst du, von mir aus, auch warten. Was bildest du dir denn nur ein?«
Ich war wütend.
»Was regst du dich nur so auf, Liebste?«
Er hatte die Arme ausgebreitet und die Handflächen nach oben gedreht.
Dann ließ er sie heruntersinken und lächelte.
»Hinreißend kannst du sein. Wie ein Vulkan.«
»Raus!«, brüllte ich und kam drohend auf ihn zu.
»Mach, dass du jetzt hier rauskommst. Lass mich endlich allein!«
Bébé war vom Bett gesprungen.
Er begriff, dass die Show vorüber war, und schien den konkreten Ernst der Lage zu verstehen.
»Gut, Engelchen.«

Ich staunte nur noch über seine Ruhe.
Na ja, zehn Jahre Therapie.
Da wird man zum Autisten.
Empathie adieu.
»Mein Zimmer ist direkt nebenan. Nummer 332. Melde dich, wenn du zurück bist. Ich muss wirklich dringend mit dir sprechen.«
Ein Meter achtundneunzig verließen den Raum.
Schnapp.
Die Tür war zu.
Ich fiel aufs Bett.
Und fühlte mich unendlich müde.

Das Restaurant kannte ich.
Mit Stella war ich vor Jahren oft hier gewesen.
Als wir beide noch in München lebten.
Der Wirt hatte auch nicht gewechselt.
Claudio, ein Italiener.
Aus der Nähe von Udine.
Ein zauberhafter Erzähler.
Er hatte sich sofort zu uns an den Tisch gesetzt und kam vom Hölzchen aufs Stöckchen.
Wir erfuhren von dem jüngsten Wein aus dem Collie d'orientale, einer der besten Weinregionen im Norden des Landes. Durften den herrlichen San-Daniele-Schinken kosten, den er auf einer riesigen Aufschnittmaschine direkt mitten im Restaurant stehen hatte. Aßen dicke, fette Oliven, probierten einen neuen Prosecco, den er uns stolz eingoss, und wurden darüber unterrichtet, warum der berühmte Italiener in der Wasserburger Landstraße hatte dichtmachen müssen.
Gott sei Dank kamen dann neue Stammgäste, denn

inzwischen hatte ich Sehnsucht danach, mich endlich dem Mann gegenüber zu widmen.
Claudio schnatterte am Nebentisch, und ich schaute nun den an, dessentwegen ich einen anstrengenden Tag gehabt hatte.
Sein Blick war ernst geworden, und er sah mir direkt in die Augen.
Himmel.
Keinen Ton sagte er. Er durchbohrte mich.
Durch meinen Unterleib ging ein Zerren und Zittern.
Tausende Schmetterlinge schienen sich losreißen zu wollen.
Er schaute weiter.
Tief in mich hinein.
Gänsehaut.
Kreuz und quer raste sie plötzlich über meinen ganzen Körper.
Über die Lautsprecher sang ganz leise Vicky Leandros:
»Après-toi …
… dann kamst du …
und mit dir kam die Liebe, die große Liebe …«
Wie wundervoll.
So passend.
Aus seinen Pupillen schossen Funken.
Sie landeten direkt in meiner Seele.
Innerhalb von Sekunden war ich rettungslos verloren.
Mein Atem ging schneller.
Paukenschlag!
»… Nie zuvor, nie zuvor wollt ich glauben, dass es so was je für mich gibt …«
Er musste es auch hören.
Ob bewusst oder nicht.
Gnadenlos drang er mit seinen wunderbaren Augen in

mich ein. Die Geräusche um uns herum nahm ich nicht mehr wahr.

Ohne Nachdruck flehte ich innerlich, mich losreißen zu dürfen, aber eine magische Kraft zwang mich, bei ihm zu bleiben.

Meine Hände wurden feucht, und ich spürte feine Schweißperlen auf der Oberlippe.

Die Muskeln in meinem Körper wurden weicher.

Ich gab jeden Widerstand auf.

Er hatte gewonnen.

Ich gehörte ihm.

Keine Ahnung, wie lange wir so gesessen hatten.

Auf jeden Fall nahm er irgendwann meine Hand, ohne dabei wegzusehen, führte sie langsam zu seinem Mund und küsste meine Finger.

Die Schmetterlinge rasten mit affenartiger Geschwindigkeit durch meinen Bauch und bereiteten mir unendliche Pein.

Tausendfüßler lag mit hundert Kilo Gepäck auf der Speiseröhre.

Ich stöhnte leise.

»Bittä scheen, zwei Mal die Antipasti, die Härrschaftän!«

Schwungvoll landeten die Teller vor unserer Nase, ohne Rücksicht auf Verluste.

Ich schaute auf die Mixtur von gebratenem Gemüse, Meeresfrüchten und Parmaschinken und wusste eines ganz genau:

Nie im Leben, nie in meinem ganzen Leben würde ich je wieder etwas essen können.

Alles kam so, wie es kommen musste.
Damit tröstete ich mich, als mich Peter draußen, unter dem Sternenhimmel, in seine Arme zog und leidenschaftlich küsste.
Zugegeben, der Mann hatte ein Tempo drauf wie Mikka Häkkinen neben dem Schumacher Michi.
Und für einen Berufsverbandsvertreter war er richtig gut dabei.
Als ob er etwas nachzuholen hätte.
Vielleicht aber meinte er wirklich mich.
Ich musste es fast annehmen, nach den Gesprächen, die wir beim Essen geführt hatten.
Er hatte eine Menge gewusst über mein Leben, hatte gut recherchiert. Hatte Charaktereigenschaften aufgezählt, die er meinte während verschiedener Sendungen analysiert zu haben. Anscheinend verfolgte er mich via Bildschirm schon eine ganze Weile, denn er konnte sich an Inhalte erinnern, die viele Monate zurücklagen.
Es war nicht unangenehm.
Im Gegenzug konnte ich ebenfalls mit ein bisschen Wissen über ihn aufwarten, das aus der Zeit nach unserer ersten Begegnung stammte.
Aber ich erinnerte mich an Stellas Worte und überließ ihm die Gesprächsführung.
Er war wunderbar.
Toller Typ.
Wissend, klug, gebildet, humorvoll.
Die Stimme von Matthias, die sich zwischendurch meldete und einwandte, dass es einzig und allein meine Projektion sei, die das Bild gegenüber forme, verwischte ich stets mit einer unsichtbaren Handbewegung.
Peter hatte vor mir gesessen.
Mit den schönsten Augen der Welt.

Lebendig.
Geistreich.
Ich musste einen an der Waffel haben, wenn ich das nicht erkannte.
Was hieß denn Projektion?
»Wollen wir noch einen Drink an der Hotelbar nehmen?«
Dabei knabberte er an meinem Ohr, und die Schmetterlinge legten wieder los.
Ich schloss die Augen.
Wenn ich etwas nicht wollte, dann an die Hotelbar.
Ich hätte mir vorstellen können, mit ihm in den Wald zu fahren oder an die Isar oder mich mit ihm auf eine Wiese zu legen und in den Himmel zu gucken, aber bitte nicht in die Hotelbar.
»Nein«, hauchte ich zart zurück.
Dabei drückte ich sanft meinen Kopf an seinen Hals und schnurrte.
»Wohin denn, du kleine Katze?«
Seine Zunge drang in mein Ohr ein, und meine Knie begannen gehörig zu wackeln.
Ich stöhnte.
Er küsste meinen Hals rauf und runter, um mich unmerklich zu beißen.
Himmel.
Um mich herum drehte sich alles, und ich versuchte herauszufinden, wo wir überhaupt standen.
Mitten auf dem Bürgersteig, direkt unter einer Laterne.
Jetzt biss er deutlicher zu.
Der leichte Schmerz raubte mir den Verstand, und ich wusste, würde nicht ein Wunder geschehen, trieben wir es in kurzer Zeit mitten auf dem Gehweg in Schwabing.

Wieder spürte ich seine Zunge in meinem Ohr.
Ich hörte nichts mehr, nur meinen eigenen Atem.
Oder war es seiner?
Es rauschte, ich stöhnte, er stöhnte, streichelte mich am Hals, seine Hände glitten südwärts.
Oh, süße Sünde.
Wie hatte ich das vermisst.
All die Jahre mit Siggi.
Es war eine Offenbarung.
Adios, Siggi!
Adios, Muchachos!
Alle, die ihr meinen Weg bis hierhin begleitet habt.
Adios!
Was ich hier erlebte, hatte noch niemals zuvor stattgefunden.
Der Kosmos hatte sich mit uns vereinigt.
Alle magischen Kräfte verbanden uns, ließen uns zu einem Ganzen werden.
Oh, Peter.
Ich riss den Kopf des Mannes zu mir herunter, bäumte mich ihm entgegen, stöhnte laut und verbiss mich in seinen Mund.
Mit einer Riesenwucht landeten wir, mehr fallend als aufrecht, an der Hausmauer des Restaurants, und mein Gesicht wurde von seiner rechten Schulter an eine Fensterscheibe gedrückt.
Die ältere, zierliche Dame mit dem hochgesteckten Haar und der geknöpften Bluse, die drinnen saß und mich erblickte, ließ in diesem Moment die Gabel fallen, in dem ich allmählich und ganz langsam mit verzerrtem Gesicht an ihr vorbeirutschte.

Ich schlüpfte in mein Zimmer.
Peter hatte auf dem Gang seinen Referenten getroffen, und es hätte ziemlich blöd ausgesehen, wenn ich neben ihm gestanden und auf ihn gewartet hätte.
Herrgott noch mal, was schlich denn dieser Typ mitten in der Nacht hier im Hotel herum?
Zu dumm aber auch. Peter wusste nicht einmal meine Zimmernummer. Und ich nicht seine.
Egal, er würde sie schon herausfinden.
Denn eines war klar: So würde der Abend nicht enden.
Ich schaltete das Licht an und bekam einen Riesenschreck: Bébé, das Riesenbaby, lag in meinem Bett und schlief. Davor standen drei leere Rotweinflaschen.
Außerdem kroch Qualm aus jeder Ritze des Zimmers, er musste geraucht haben wie ein Kohlenofen.
Ich traute meinen Augen nicht.
Und nicht meinen Ohren.
Er schnarchte wie ein Elefant.
Schnell schloss ich die Tür hinter mir zu und ließ mich in einen geblümten Sessel fallen.
Was sollte ich tun?
Bébé wecken?
Ein Ding der Unmöglichkeit.
Der war weg.
Abgetaucht bis auf den tiefen Grund des Lac-du-Bordeaux.
Mindestens bis zum nächsten Morgen.
Ich musste hier raus.
Ganz schnell.
Bevor Peter käme.
Ich wollte noch einen kurzen Blick in den Spiegel des Badezimmers wagen, als es klopfte.
Scheiße!

Was jetzt?
Ich rührte mich nicht von der Stelle.
Es klopfte noch einmal.
Bébé drehte sich um und verhaspelte sich beim Schnarchen.
Wie ein grunzendes Schwein warf er sich auf die andere Seite und schlief schmatzend weiter.
Es klopfte noch einmal.
Was wäre, wenn ich zur Tür ginge, sie schnell öffnete, hinausschlüpfte und Peter um den Hals fiele?
Dabei könnte ich sie zuziehen und ihn in Richtung seines Zimmers bugsieren.
Aber erstens wusste ich nicht, wo es war, und zweitens war es in sich unlogisch. Warum sollten wir, aus seiner Sicht, nicht in mein Zimmer gehen?
Das Klopfen hatte aufgehört.
Ich dachte an Alexandra.
»Mäuschen, wenn es brenzlig wird, lass andere den Fall klären. Du bist eine Frau. Männer hassen es, wenn Frauen alles richten wollen.«
Na ja, Peter hatte es ja versucht.
Er musste nun annehmen, dass ich mich noch nicht in meinem Zimmer befand. Also würde er mich suchen. Vielleicht an der Hotelbar. Wenn er mich dort nicht fände, würde er in einigen Minuten wieder hier sein.
Ich sah mich im Spiegel an.
Nichts fand ich unattraktiver als Frauen, die in Stressmomenten den Mund offen haben. Zum Beispiel, wenn sie im Auto sitzen und vor einer Ampel warten.
Ich konnte mir gut vorstellen, wie Männer darauf reagierten.
Schnell schloss ich die Lippen und lächelte mich nett an.
Dann griff ich zu meiner Zahnbürste.

Das konnte nie schaden.
Das Zahnputzglas fiel in das Spülbecken.
Ungeschicktes Weib.
Bébé knartzte.
Zack, zack, die Zähne waren blank und meine Nerven auch.
Ich huschte zur Tür, als es wieder klopfte.
Himmel noch mal. Komplizierter konnte es nicht mehr werden.
Wieder warf sich Bébé herum, und die Töne, die er jetzt ausstieß, erinnerten an das nächtliche Geheul von Kojoten kurz vor der Vereinigung.
Womit hatte ich das nur verdient.
Lautlos legte ich mein Ohr an die Tür.
»Corinna?«
Es war Maike.
Was wollte die denn hier?
Schnell öffnete ich und ließ sie hinein.
»Was machst du denn hier?«
Ich verstand überhaupt nichts mehr.
»Wer ist das denn?«
Maike war interessiert vor dem schlafenden Tintenfisch stehen geblieben, dessen hundert Arme reglos vom Bett fielen.
»Das ist Bébé, er ist besoffen.«
Also wirklich, wie unwichtig das jetzt war.
»Und was macht der in deinem Bett?«
Maike ließ nicht locker.
»Was macht der in meinem Bett? Er schläft, das siehst du doch!«
Genervt rollte ich die Augen nach oben.
»Was willst du denn hier? Erzähl mir lieber erst einmal das!«

Wahrscheinlich war sie auf der Suche nach Peter.
Sicher war sie auf der Suche nach Peter.
Na klar.
Jetzt fiel mir alles wieder ein.
Morgen früh war sie ja verabredet mit ihm.
Mit meinem Peter.
Meinem feurigen, temperamentvollen Petermann.
Meinem Supermann!
»Ich suche Hermann.«
Hermann?
»Jemand, der mir ziemlich ähnlich sieht, hört hier Hermann. Wer, um alles in der Welt, ist Hermann?«
Die Hände in die Hüften gestemmt, versuchte ich mir Klarheit zu verschaffen.
Es klopfte.
Bébé hatte sich an seinem eigenen Atem verschluckt und hustete. So laut, dass mir unangenehm heiß wurde.
Maike starrte mich an, und ich legte schnell den Zeigefinger auf meine Lippen.
»Pssst!«
Klopf, klopf.
Dass diese blöde Tür aber auch keinen Spion hatte.
Aber was hätte das geholfen, es konnte ja nur Peter sein.
Und den wollte ich auf keinen Fall hier hereinlassen.
Nun erst recht nicht.
Maike prustete.
Sie fand das alles plötzlich lustig.
Ich überhaupt nicht.
»Still!«, raunte ich ihr zu. »Sei bloß ruhig.«
Meine Nerven waren zum Zerreißen gespannt.
Mit dem Ellenbogen boxte ich Maike, die nun leise lachte, in die Seite.

»Hör endlich auf, du dumme Ziege!«
Erschrocken blickte sie mich an.
»Ja, ist schon gut. Hab's nicht so gemeint.«
Sofort tat sie mir Leid.
»Also«, versuchte ich es noch einmal, nachdem das Klopfen sich wie von selbst eingestellt hatte.
»Wer ist Hermann?«
Sie grinste.
»Hermann ist der Referent deiner neuen Flamme.«
Triumph lag in ihrem Blick.
Ich stotterte.
»Du meinst, Hermann ist der Referent von …«
»Jawohl. Von Peter Fehrtenbach.«
Ich atmete tief durch.
Wie nannte man das im Märchen?
Happy End?
Peter, wie viel Unrecht hatte ich dir getan?
Ich unwürdige Person.
Natürlich hatte er alles ernst gemeint, was er mir ins Ohr geflüstert hatte, draußen, unter der Laterne.
Es war wieder meine Unsicherheit gewesen, die mich in diese unselige Richtung gelenkt hatte.
»Und mit diesem Hermann bist du hier verabredet?«
Sie nickte.
Miss Marple ermittelte weiter.
»Es ist auch derselbe Hermann, der deine Flugtickets gekauft und dich hier eingebucht hat, stimmt's?«
Es stimmte.
Der Fall löste sich wie von selbst.
»Hast du schon mit ihm …, ich meine, habt ihr schon …?«
Ich kriegte es nicht über die Lippen. Was war denn nur los, Madame Prüderie?
Sie lachte.

»Du meinst, gebumst?«
Ich nickte wortlos.
»Na, klar! Nicht nur einmal.«
Und mit einem verschwörerischen Lächeln fügte sie hinzu: »Er ist ein Tiger!«
Aha! Ein Tiger also.
Ich blickte auf Bébé, der schnaufte wie ein Walross.
Dann hatten wir unseren Zoo ja langsam zusammen.
Ich richtete mich auf, drückte mein Kreuz durch und ging mit den Fingern über meine Kopfhaut.
»Hör mal, Maike, du musst mir jetzt helfen.«
Das Kratzen am Schopf tat mir gut, und ich überlegte einen Moment.
»Könntest du nicht …? Ich meine, ihr kennt euch ja schon länger … Könntest du mir nicht für diese Nacht dein Zimmer überlassen?«
Das war die Lösung.
Ich würde einfach hinüberschleichen, täte wie Tulpe, und wir könnten wählen zwischen seinem und meinem, also Maikes, Zimmer.
Aufmunternd nickte ich ihr zu und atmete erleichtert durch.
»Das geht schlecht.«
Boing!
Sie saß inzwischen rückwärts in dem geblümten Sessel und ließ die Beine über die Lehne baumeln.
»Und warum?«
Wütend starrte ich auf den wackelnden Berg Bébé, der immer unverschämter schmurgelte. Da lag die Ursache allen Übels, schlief sich einen Ast nach dem anderen ab und brachte mich in die größten Schwierigkeiten meines Lebens.
Meine Göttin.

Blödmann.
Natürlich war klar, dass die Sache nicht glatt weiterlief.
Wie denn auch?
Nachdem ein Tag verstrichen war wie dieser?
Mit Schwung kam Maike nach oben und befand sich nun in Augenhöhe mit mir.
»Weil wir eh schon zusammen in einem Zimmer schlafen!«
Relativ logisch.
Trotzdem.
Ich konnte solche Beamtentypen nicht ausstehen, und wieder einmal bestätigte sich meine Aversion.
Hermann also hatte nicht die Großzügigkeit besessen, ein zweites Zimmer für diese Frau zu buchen. Dieses herrliche Weib. Wahrscheinlich aus Kostengründen.
Armseliger Kleingeist!
Alexandra wäre entsetzt gewesen.
Ich war es auch.
Beamter blieb eben Beamter!
Ich musste mich setzen.
Direkt neben die großen Füße von Bébé.
Sie kamen unter der Bettdecke zum Vorschein und sahen sehr schön aus.
Sehnig.
Gerade gewachsen.
Lange Zehen.
Nicht wie meine.
Eine Redakteurin vom Stern fiel mir ein, Unterhaltungsressort.
Sie hatte einen Roman geschrieben, in dem ihre hässlichen Füße die Hauptrolle spielten. Selbstironisch hatte sie sich mit ihnen auseinander gesetzt, hatte sich gegeißelt und war damit, so war ich sicher, in Tausende Frauenherzen eingedrungen.

Ach, Schwester, das kannten wir alle.
Ich hatte mich kaputtgelacht.
Sie hatte sogar den außergewöhnlichen Mut besessen, ihre zarten Füßchen auf dem Buchumschlag abbilden zu lassen.
Sie erzählte mir, dass es ihre seien, als ich sie anrief, um sie nach der Lektüre mit Komplimenten zu überhäufen.
Aber als ich dann meine eigenen Pratzen wieder mal in zarte Sommersandaletten hatte verfrachten wollen, hörte der Spaß auf.
Es konnte einer Frau kaum Schlimmeres passieren, als krumme Füße zu haben.
Die Autorin hatte schon Recht.
Momentan half mir das übrigens keinen Schritt weiter.
Maike hing in dem Geblümten, ich saß neben dem Schnarchsack, Peter schlief wahrscheinlich längst, und Hermann interessierte mich nicht.
Maike aber.
Sie sprang mit einem Satz vom Sessel und verkündete: »Mir langt's. Ich hau jetzt ab. Muss Hermann suchen.«
Ich gähnte.
Na, klar doch!
Teilnahmslos brummte ich vor mich hin, zu gelähmt, um Entscheidungen zu treffen.
Konnte jetzt ohnehin nichts mehr machen.
Oder sollte ich um diese Zeit mit der Fahndung nach Peters Zimmer beginnen?
Ich schaute auf die Uhr.
Ein Uhr vierzig.
Wirklich nicht.
Vergiss es, Baby.

Bei aller Liebe. Gewisse Regeln mussten eingehalten werden.
Alexandra wäre ihm niemals hinterhergelaufen, selbst wenn er sich den Arm beim Klopfen ausgekugelt hätte. Da war sie Grande Dame.
Ich jetzt auch!
»Gute Nacht, Corinna, schlaf schön.«
Die junge Freundin küsste mich auf die Stirn.
»Nacht, viel Spaß noch.«
Mehr bekam ich nicht mehr raus, und als Maike verschwunden war, knallte ich mich, wie ich war, auf die andere Seite des Bettes, neben das rasselnde Ungeheuer.
Na, fein, Bébé, das hast du wirklich fantastisch hingekriegt.
Wach du morgen früh auf, dann kannst du was erleben.
Während ich meinen juckenden Turbo-Bauch noch einmal kratzte, ließ ich den Tag Revue passieren.
Wenn ich jemandem erzählte, was ein einzelner Mensch alles innerhalb von etwa achtzehn Stunden erleben konnte, würde er mich der Unglaubwürdigkeit bezichtigen.
Aber alles war Wirklichkeit.
Einschließlich der wundervollen Augenblicke mit Peter. Ich dachte an seine Augen, die tiefen Blicke und an seine Küsse. Während die Schmetterlinge noch einmal kurz aufwirbelten, dämmerte ich hinüber und spürte kaum noch den Schlag, als Bébé sich umdrehte und mir seine Hand ins Gesicht klatschte.

Ohne die Augen zu öffnen, spürte ich, dass es hell war. Und ich schnupperte das Aroma frisch gebrühten Kaffees.

Wenn eine einzige Sache mich morgens ins Leben zurückholen konnte, dann war es heißer Bohnenkaffee.
Ich reckte mich und öffnete vorsichtig die Augen.
Mein Blick fiel auf Bébé, der frisch geduscht und geföhnt vor mir saß. Etwas mitgenommen und zerknittert sah er aus.
In der Hand hielt er den Kaffee.
Zärtlich streichelte er mir über das Gesicht.
Oh, Gott, der Alptraum ging weiter.
Ich setzte mich auf und nahm ihm die Tasse weg.
Wenigstens war Milch drin.
Kaffee nutzte mir nichts am Morgen, wenn nicht genügend Milch darin schwamm.
Er musste blond sein, sonst trank ich ihn einfach nicht.
Bébé wusste es.
Schließlich hatten wir schon einmal, fast wie in einer Wohngemeinschaft, mehrere Wochen zusammengelebt.
Damals, als seine Freundin ihn hinausgeworfen hatte.
Aber zu dem Zeitpunkt waren wir nicht mehr als sehr gute Freunde, und daran hatte sich bis zu dieser Sekunde buchstäblich nichts geändert.
Von meiner Seite.
Der Mann mir gegenüber sah das ja nun anders.
»Liebste, wie geht es dir?«
Seine Stimme klang wie Butter, und mein Herz fühlte sich an wie ein Stein.
Kalt und grausam.
Es würde ein Gemetzel geben, das war mir klar, wenn Bébé nicht ganz schnell den alten Kurs einschlug.
Allerdings, das wusste ich auch, durfte ich jetzt nicht vorschnell handeln.
Sollte er ruhig kommen und erklären, dann könnte ich ihn an seinen eigenen Argumenten aufhängen.

Plötzlich fiel mir Peter ein.
Der wundervolle, heißblütige Herr mit den schönsten Augen dieser Welt.
Ich sah auf den Reisewecker, der auf dem Nachttisch stand.
Acht Uhr fünf.
Er war sicher schon fort.
Sein Arbeitspensum, das hatte er mir erzählt, begann um Punkt sieben.
Nicht gerade meine Welt.
Ich hätte ihn liebend gerne angerufen, jetzt genau, in dieser Sekunde, um ihm alles zu erklären, mich zu entschuldigen, seine Stimme zu hören.
Bébé saß mir gegenüber, kerzengerade. Und lächelte mich an.
Mann, war ich genervt.
Ich musste Peter in einem anderen Moment schildern, was vorgefallen war.
Peter.
Schade.
Ich seufzte.
Was musste der Mann von mir denken?
Dass ich gekniffen hatte.
Wäre noch die beste Version gewesen, weil ehrenhaft. Wenngleich unglaublich feige und prüde.
Gab's eine andere Variante, auf die er kommen könnte?
Im Fahrstuhl stecken geblieben.
Er war ja nicht auf der Brennsuppe dahergeschwommen.
Wieder seufzte ich.
Das Einzige, was ich tun konnte, war, ihn gleich nachher auf seinem Handy anzurufen, wenn ich diesen Schwachsinn mit Bébé geklärt hätte.
Den sah ich nun möglichst gelangweilt an.

Unsere Blicke prallten aufeinander.
Ich nahm einen tiefen Schluck aus der Tasse, während ich ihn nicht aus den Augen ließ.
Der Kaffee war ausgezeichnet, und Bébé schenkte nach.
Eigentlich sah er ganz gut aus.
Riesengroß, schlank, dunkelblonde, dichte Haare, die er schulterlang trug. Sein Gesicht war gleichmäßig aufgeteilt, die Nase vielleicht etwas zu dick. Die Lippen waren groß und voll und hatten einen energischen, fordernden Zug, der manchmal, wenn Bébé nachdrücklich und temperamentvoll erzählte, eine winzige Spur brutal wurde.
Manche Frauen liebten das an ihm. Das hatte ich im Lauf der Jahre mitgekriegt. Überhaupt wirkte er erstaunlich gut auf die Mädels, nur mein Fall war er einfach nicht.
Es fehlte der Kick.
Bébé sah mich erwartungsvoll an.
»Du siehst fantastisch aus, schöne Frau.« Dabei lächelte er.
Danke, danke. Ich wusste genau, wie ich aussah.
Verschmiertes Make-up, dunkle Kajalränder um die Augen, verwischte Lippenkonturen.
Keine Zeit gehabt, mich abzuschminken.
Nein, keinen Nerv mehr.
Aber bitte, wie er meinte.
Mir war es völlig wurscht, denn ich wollte ihm überhaupt nicht gefallen.
Ich trank die Tasse leer.
»Hast du noch einen?«
Prinzessin reichte ihm das weiße Hotelgeschirr.
»Aber klar.«

Es war komisch. Wenn ein Mann eine Frau liebt und keine Resonanz findet, ist das hoffnungslos lächerlich.
Was immer Bébé jetzt sagen oder tun würde, ich könnte es nicht akzeptieren.
Das war auf der Ebene, als wir noch Freunde waren, ganz anders. Da war er mein Kumpel, mein Kollege, mein Weggefährte, mein Freund, Vater, Bruder, Sohn.
Als Lover war er aus unerfindlichen Gründen unbrauchbar.
Er tat mir Leid. Aber eines wollte ich nicht mehr: gegen meinen Willen handeln.
Das hatte ich bei Matthias gelernt.
»In Momenten der größten Belastung, wenn du unter Druck gesetzt wirst von einer Vaterfigur, gehst du in die Knie wie ein kleines Mädchen. Dann läufst du Gefahr, etwas zu akzeptieren, was in Wirklichkeit größte Widerstände in dir entfacht. Und damit ist neues Elend programmiert. Denk beim nächsten Mal daran, Corinna. Atme, fühl in dich hinein, wink dem kleinen Mädchen zum Abschied nach und werd in diesem Moment erwachsen.«
Hach!
Huh!
Ich konnte Bébé aus Mitgefühl jetzt nicht küssen. Das war undenkbar.
Hach!
Huh!
Außerdem hatte ich Peter.
Hach!
Huh!
Und Bébé hatte immer noch Sieglinde, die in ihrem gemeinsamen Haus auf ihn wartete, wenngleich ich wusste, dass es sich hier eher um eine berufliche Zweckgemeinschaft handelte.

Schließlich managte sie Bébé.
Hach!
Huh!
Und ich wiederum wollte endlich frei sein von meinen eigenen Zwängen, die ich mir stets selbst eingebrockt hatte.
Hach!
Huh!
Bébé bemerkte, was ich tat.
Er legte sich neben mich, nahm meine Hand und atmete mit.
Den Kaffee hatte er auf die Erde gestellt.
Hach!
Huh!
Hach!
Huh!
»Also los, erzähl.«
Ich blickte ihn von der Seite an und sah, dass er weinte.
Ein dünnes Rinnsal lief durch eine kleine Augenfalte, über das Jochbein hinweg, und landete in dem weißen Kissen.
Er schien wirklich verzweifelt.
Ach, guter, alter Freund.
Ich liebe dich ja.
Sehr umfangreich sogar.
Vielleicht ist diese Zuneigung viel intensiver als die vorübergehenden Amouren.
Schließlich kennen wir uns schon viele Jahre.
Und haben zusammengehalten wie Pech und Schwefel.
Ich ergriff seine Hand.
Sie war eiskalt.
Wenn du dich nur beruhigen würdest.
Ich hörte ihn schluchzen.

In der Therapie hatte ich gelernt, es auszuhalten, wenn Männer weinen.
Matthias hatte an einem Wochenende einige Kandidaten zusammengetrommelt, und wir hatten in einem wunderschönen Märchenschloss an der Ostseeküste Mecklenburg-Vorpommerns zirka vierundzwanzig Stunden geflennt.
Acht Männer und drei Frauen.
Mann, hatte das gut getan.
Das ganze Elend, das Siggi mir bereitet hatte, war in dem neuen Bundesland im Meer gelandet.
Eine Mega-Erfahrung.
Bébé schnäuzte sich.
»Wir hatten Kinder«, schniefte er und sah mich an.
»Zwei kleine strohblonde Mädchen. Sie sahen aus wie du.«
Ich versuchte zu begreifen.
»Du meinst, in deinem Traum«, stotterte ich.
»Ja«, rotzte er ins Taschentuch. »Und in diesem Augenblick wusste ich, was ich wollte. Ich begriff, dass ich mir mein Leben lang nichts anderes wünschte als dich und eine kleine Familie.«
Hallelujah!
Mutti im Reihenhaus!
Er setzte sich auf und sah mich offenherzig an.
»Mit einem wunderschönen, großzügigen Haus, einem herrlichen Garten, bunten Blumen, einem Hund und … und einer Gattin, die sich um die Aufzucht der Kleinen kümmert und ihren Job an den Nagel hängt«, ergänzte ich das Märchen aus Tausendundeiner Nacht.
Heftig nickte Bébé mit dem Kopf.
»Tja, mein Lieber, das klingt gut.«

Er lächelte mich aus nassen Augen an, und ein Hoffnungsschimmer huschte über sein Gesicht.
»Und deswegen«, fuhr ich fort, »solltest du dir dringend eine Frau suchen, mit der zusammen du dir diesen Traum erfüllst. Ich bin auf jeden Fall die Falsche!«
Meine Arme hatte ich inzwischen verschränkt, und ich wusste, dass ich eine Spur zu trotzig wirkte.
Egal, mir war schleierhaft, was mit Bébé passiert war. Er, der sich durch ein knappes Dutzend Jahre Therapie im Griff hatte wie kein anderer, einer, der aus sich herausschlüpfen und sich selbst stundenlang beobachten konnte, ohne sein Verhalten zu bewerten, also völlig neutral mit sich umgehen konnte wie mit einem Auto oder einer Sonnenuhr, er, der Menschen manipulierte, wie er wollte, und das ganze Leben zu meistern schien wie kein anderer, er lag in diesem durchwühlten Hotelbett und erzählte mir eine Oper nach der anderen.
Er wollte anscheinend nicht wahrhaben, dass ich an einer Liebesaffäre mit ihm nicht im Geringsten interessiert war.
Er ignorierte es einfach.
Nahm es nicht wahr.
Als zählte überhaupt nicht, was ich dachte und fühlte.
Hatte sich etwas in seinen Dickschädel gesetzt und wollte es auf Biegen und Brechen durchsetzen.
Ganz schön egoistisch.
Das nächste Beispiel für seine ausgeprägte Eigensucht folgte.
Er ließ sich stöhnend in die Kissen fallen und jammerte plötzlich über Kopfschmerzen.
Wenn er das Weib nicht bekäme, dann eben die Mutter.
Da hast du dich aber geschnitten, mein Lieber.

»Hättest nicht so viel von dem Wein trinken sollen«, bemerkte ich leidenschaftslos.
Er sah mich aus geröteten Augen traurig an und sagte: »Ich konnte ja nicht ahnen, dass es sich um die Marke Schloss Schädelbruch handelte.«
Schloss Schädelbruch?
Wie komisch.
Ich dachte, es sei ein 83er Château Migräne gewesen.
»Hör mal, Bébé.«
Ich sah auf die Uhr.
»Ich werde jetzt unter die Dusche gehen, und dann muss ich abhauen. Hab heute Mittag ein Briefinggespräch in der Stadt. Am besten, du verziehst dich jetzt.«
Ich war aufgesprungen und zur Badezimmertür gelaufen. Dann drehte ich mich noch einmal um.
»Ich glaube, das Thema ist beendet, oder?«
Wie ein niedergeschlagener Hund senkte er den Kopf und nickte.
»Lass uns Freunde bleiben wie bisher. Es bleibt alles beim Alten.« Ich versuchte heiter zu klingen und es ihm dadurch leichter zu machen. Vielleicht könnten wir diese Diskussion einfach vergessen und abhaken. So, als wäre nie etwas gewesen.
Ich drehte mich um und verschwand unter dem prasselnden heißen Wasser, das müde Mädels wieder munter machen sollte.

Frisch geduscht sah der Morgen schon wieder ganz anders aus.
Schwungvoll öffnete ich die Tür.
Bébé war immer noch da.
Er saß, wie ich ihn verlassen hatte, und starrte vor sich hin.

Jetzt war es aber mal genug.
Das Leben ging weiter, und allmählich nervte er.
»Was willst du denn noch hier?«
Er sah auf.
»Das Telefon hat die ganze Zeit geklingelt.«
»Welches Telefon?«
War das etwa Peter gewesen?
»Beide. Dein Handy und das hier.«
Er deutete auf den Festanschluss im Zimmer.
Aha.
»Na ja, wird sich schon wieder melden.«
Ich versuchte lässig zu klingen, obwohl mein Herz plötzlich bis zum Hals schlug. Dabei wandte ich mich um, Richtung Schrank, um frische Klamotten herauszunehmen.
»Glaub ich eher nicht.«
»Was meinst du?«
Blitzartig drehte ich mich wieder um und ahnte in diesem Moment alles, nur nichts Gutes.
Bébé guckte auf seine Hände, die er knetete, wie meine Ex-Schwiegermutter in spe es mit dem Sandkuchenteig getan hatte, jedes Wochenende.
Er war nun einmal ein Wahnsinniger und zu allem fähig.
»Bist du etwa drangegangen?«
Ich kam näher.
»Musste ich ja. Es hörte einfach nicht auf zu läuten.«
»Du bist was?«
Jetzt war ich bei ihm und fuchtelte mit beiden Fäusten unter seiner Nase herum.
»Wer war dran?«
Er schwieg.
»Wer dran war, will ich wissen!«
Ich kreischte, was das Zeug hielt.

Langsam sah er zu mir auf.
»Ein Mann. Ein gewisser Herr Fehrtenbach.«
Ich war außer mir.
»Ja, und?«, japste ich.
Es war unglaublich.
Er hatte mir nicht nur die Nacht verdorben mit seiner penetranten Ichbezogenheit, sondern telefonierte nun auch noch wie selbstverständlich mit dem Mann, in den ich mich unsterblich verliebt und den ich Bébés wegen gnadenlos versetzt hatte.
»Als ich mich am Hoteltelefon meldete, fragte er nach dir.«
»Und?«
Konnte dieser Kerl nicht einmal ohne Stocken die Geschichte zu Ende erzählen?
»Was hast du ihm erzählt, wo ich bin?«
»Unter der Dusche. Warst du doch auch.«
Treuherzig schaute er mich an.
Ich stöhnte und ließ mich aufs Bett fallen.
»Und dann«, fuhr Bébé fort, »dann klingelte dein Handy.«
Eigentlich wollte ich gar nicht mehr wissen, wie die Geschichte weiterging.
»Das war er dann wieder.«
»Was sagte er?«
Ich war müde.
»Er fragte wieder, wo du seist.«
»Und du antwortetest wieder, ich sei unter der Dusche, ich weiß.«
Ich legte die Hände auf meine Augen und versuchte ganz ruhig zu bleiben.
»Ich unterhielt mich ganz nett mit ihm.«
Bébé saß wie selbstverständlich auf meinem Bett und nickte leicht mit seinem Riesenkopf.

»Du hast dich unterhalten? Über was? Ich will sofort wissen, was ihr geredet habt!«
Ich war aufgesprungen und hatte mich auf ihn gestürzt. Nun trommelte ich schon mit meinen Fäusten auf seinem Oberarm herum.
Es störte ihn nicht, diesen Autisten, Zerstörer, Irrsinnigen.
Er lächelte versonnen.
»Ich habe ihm erzählt, dass ich dich liebe.«
Schreiend brach ich zusammen.
Es war alles aus.
Bébé, dieser Scheißkerl, hatte es zunichte gemacht.
Wie eine Riesenzecke hatte er sich gestern hier eingenistet, um mein Leben zu zerstören.
Ich raffte mich auf, nahm einen Schuh, der am Boden lag, und prügelte auf ihn ein. Während er versuchte, mit den Händen größeren Schaden von sich abzuwehren, verdrosch ich ihn brutal und kaltblütig und stieß ihn vom Bett. Mit allen Gliedmaßen, Muskeln, Knorpelmassen und Knochen, die mir zur Verfügung standen, schob und schubste ich ihn Richtung Zimmertür, die ich sodann schwungvoll öffnete.
Ich hatte Bärenkräfte.
Mit einem gehörigen Tritt in den Hintern wurde er hinausbefördert, mit einem lauten Knall flog die Tür wieder zu und ich auf mein Bett.
Ohne Rücksicht auf Verluste heulte ich mein elendes, vertanes Leben in die weichen weißen Hotelkissen.

»Hallo, Stella?«
»Corinna, es ist fünf Uhr morgens.«
Ich wusste es. Aber ich brauchte jetzt, in diesem Moment, ihren Ratschlag.

»Ja, Stella, es hilft nichts: Du musst mir zuhören. Ich brauche deinen Rat. Es ist eine Katastrophe passiert.«
»Warte mal, ich setze mal schnell Teewasser auf, dann komme ich, ja?«
Haarklein erzählte ich ihr nun die ganze Geschichte, von meinem Verdacht gegen Peter in Bezug auf Maike, von unserem einzigartigen gemeinsamen Abend und von Bébé, dem Unglückseligen, und seinen Gräueltaten.
Sie hatte schweigend bis zum Ende zugehört, dann fragte sie: »Und was willst du von mir jetzt hören, Engelchen?«
»Ich will wissen, was ich machen soll. Es ist alles ein schreckliches Missverständnis. Aber wie soll ich ihm das erklären?«
»Aber das ist doch gar nicht schwer. Du musst natürlich mit ihm reden, ist doch logisch.«
Sie schien meine Aufregung nicht zu verstehen.
Mit ihm reden?
Ich sollte ihn einfach anrufen und ihm am Telefon erklären, was Sache war?
Frau Schlau ruft Herrn Einsam an und legt die Fakten dar. Er hört geduldig zu, sagt: Gott sei Dank, dann ist die Sache endlich geklärt, und wir können morgen in die Flitterwochen abreisen.
Und damit ist der Käse gegessen.
Vielleicht lief das in Los Angeles auf diese Weise, hier bestimmt nicht.
Was wäre, wenn ich ihm erzählte, ich sei gekidnappt worden in der Nacht?
Von einem Schwachsinnigen!
Einem Geistesgestörten, der mich verfolgt und sich abends in meinem Zimmer versteckt hat.
Der auf mich gewartet, mich überwältigt und gefesselt hat?

Das klang logischer.
Und war ja so fern der Realität auch nicht.
Bébé war nun einmal durchgedreht, und eine Art Kidnapping war das allemal gewesen vergangene Nacht.
Jedenfalls hatte ich mich selten zuvor so unfrei gefühlt.
»Ruf ihn einfach an. Verabrede dich mit ihm und schildere ihm die wahre Geschichte.«
Stella schien nicht ganz meiner Meinung zu sein.
»Du musst ihm auf jeden Fall sagen, wie sich die Sache verhalten hat. Erfinde bloß nichts dazu. Das bringt dich nur noch mehr in Schwierigkeiten.«
Hm.
Meine Version gefiel mir besser.
Wenn ich die Wahrheit sagte, würde Peter mich niemals mehr treffen wollen.
So schlau war ich, um das zu wissen.
Stella ging in diesem Zusammenhang wahrscheinlich von einer Figur minderen Niveaus aus, weil Peter eine Art minderwertiger Gewerkschafter war. Das musste ich mit einkalkulieren.
Vielleicht war sie in dieser Angelegenheit nicht die richtige Gesprächspartnerin.
Alexandra!
Ja, die war das Weib. Die Schlange. Die die Männer um den Finger wickelte. Die sie auch anlügen würde, wenn es den Zielen entgegenkäme.
Sie würde mit Sicherheit nicht herumjammern und um Gnade flehen. Eine Geisteshaltung, die mir gut gefiel in diesem Moment, jedenfalls mehr als die der kumpelhaften Stella.

Ich sollte Recht behalten.
Alexandra war strikt dagegen, Peter anzurufen.
Nachdem sie die Geschichte von mir erfahren hatte, meinte sie lakonisch: »Der meldet sich schon.«
Ganz so einfach war es denn vielleicht doch nicht.
Ich eierte etwas herum.
»Wie meinst du das? Wann meldet er sich?«
Ich konnte ja nicht warten, bis das Jüngste Gericht tagte und er sich bequemte anzurufen.
»Entspann dich, Mäuschen. Wenn er wirklich angebissen hat, gibt er sich mit Bébés Gefasel nicht zufrieden. Er wird nachhaken, glaube mir.«
Wie gerne hätte ich ihr geglaubt.
Aber allem Übel war die Nacht vorausgegangen, in der ich mich einfach nicht mehr bei ihm gemeldet hatte.
Wie mochte er darüber denken?
Zur Antwort bekam ich, dass Männer es durchaus interessant fänden, wenn Frauen nicht gleich alle Geheimnisse preisgäben.
Aha.
Ich hatte also alles richtig gemacht.
Sehr lustig.
Vielen Dank für deine erfolgreiche Unterstützung, Bébé.
Mein Blick fiel auf die linke Hand, die verkrampft, mit eingedrehten Fingern, vor mir auf dem Tisch lag.
Schnell bog ich sie gerade, ich sprach schließlich mit Alexandra.
Sie hatte mir einmal beim Abendessen einen langen Vortrag über die Geheimnisse der Handbewegungen gehalten. Die Nachbartische waren voll besetzt gewesen, und jeden Einzelnen, der dort saß, hatte sie unter die Lupe genommen. An der Weise, wie Menschen ihre

Hände gebrauchten, erkannte sie, mit wem sie es zu tun hatte.
Sie hatte gut reden.
Es gab keinen Menschen auf der ganzen Welt, der mit so formvollendeter Eleganz wie sie die Hände bewegte. Bewusst, im Bruchteil jeder Sekunde wissend, was sie durch ihre Finger ausdrücken wollte, erzählte sie ihre Geschichten.
Geöffnet, entspannt, grazil und schön
Die Hände einer indischen Tempeltänzerin, die jeden einzelnen Finger im Kreis drehte wie kleine, anmutige Schlängelchen.
Die Hände einer Göttin.
Die Fingerkuppen schienen wie von unsichtbaren Fäden gezogen, so dass sie länger wirkten, als sie in Wirklichkeit waren.
Es war wunderbar, ihre unendliche Eleganz zu spüren.
Und wenn sie redete, starrte man, ob man wollte oder nicht, wie gebannt auf ihre Hände und verfolgte ihre Bewegungen.
Reine Religion.
Ich seufzte.
Knubbelfäustchen hatte sich auf dem Tisch ausgestreckt und sah aus wie ein kleiner, abgeschnittener Fächer.
Das Leben war schwer.

Es gibt Zufälle im Leben, da ist nicht klar, wer sie anzettelt. In meinem Fall kamen mehrere Möglichkeiten in Betracht. Der liebe Gott, der mir grundsätzlich suspekt erschien, wenn es um Angelegenheiten zwischen Mann und Frau ging. Denn immerhin war nicht bekannt, dass er jemals

mit einer zu tun gehabt hatte. Er meinte, die Geschicke der Welt ohne den Ratschlag einer weiblichen Person problemlos lenken zu können. Nicht einmal seine Mutter wurde irgendwo erwähnt.
Schon merkwürdig.
Dann meine Propheten, die mich stets begleiteten und mir, da war ich sicher, schon eine Menge Ärger vom Hals gehalten hatten. Sie waren verlässlich, innige Freunde, und einen hatte ich auch schon einmal erblickt. Er stand eines Nachts vor meinem Bett und hob beide Hände gen Himmel.
Am darauf folgenden Tag hatte ich Siggi kennen gelernt.
Und dann war da der Teufel mit seinen windigen Kanälen, dem es ein diebisches Vergnügen bereitete, einen ganz unten an der Tapetenleiste entlangschrammen zu lassen.
Da man meist nicht weiß, wofür das, was einem gerade widerfährt, gut sein soll, kann man auch nicht gleich einordnen, wer die Geschichte eingefädelt hat.
Ich ahnte also auch nichts, als ich, zurück in Hamburg, mit Manfred, meinem Kollegen, abends in einem kleinen italienischen Lokal zu Abend aß.
Wir wollten über eine gemeinsame Sendung sprechen, die uns eine Woche später bevorstand.
Ich war gerade bei Spaghetti mit Meeresfrüchten, als sich die Tür öffnete und ein Mann hereintrat, den ich gut kannte.
Es war Siggi.
Hinter ihm drei weitere Personen: zwei Frauen und ein Mann.
Sie nahmen an einem Tisch Platz, der so stand, dass ich hinter einer großen Palme vor ihren Blicken verschwand.

Natürlich konnte ich die vier perfekt beobachten.
Manfred grinste mich an.
»Kommt mir irgendwie bekannt vor.«
»Hm, mir auch.«
Ich trommelte leise mit den Fingern auf den Tisch und hatte aufgehört zu essen.
Siggi setzte sich so, dass ich ihn im Profil sah. Die Frau, offensichtlich seine Begleiterin, hatte ich von Angesicht zu Angesicht im Visier.
Dazwischen war die Stechpalme.
Sie war sehr jung, also, wenn es hoch kam, vielleicht maximal zweiundzwanzig.
Die Männer waren doch alle gleich.
Omimi, ich musste an dich denken.
Sie sah ziemlich gut aus, obwohl sie nicht mein Fall war. Dunkle, lange Haare, Gesicht wie ein Model mit großen blauen Augen und aufgeworfenen Lippen. Was besonders auffiel, war ihre Oberweite.
Manfred hatte es wohl auch bemerkt, denn er stierte auf einmal mit gebanntem Interesse genau auf diese Stelle. Durch die Palme hindurch.
»Donnerwetter.«
Er pfiff durch die Zähne und sah auf mich.
Dann auf mein Dekolleté.
»Was ist denn in dich gefahren?«, blaffte ich ihn an.
Also wirklich. Wollte er hier den großen Vergleicher machen?
»Beruhige dich, Corinna.«
Lächelnd legte er seine Hand auf meinen Arm.
»Ist wahrscheinlich eh aufgepumpt.«
»Meinste?«
Das Interesse meinerseits begann zu wachsen.
Aufgepumpt?

Woher er das nur wusste.
Aber er schien Recht zu haben. Der liebe Gott musste schon lange geformt haben, um so etwas einigermaßen hinzukriegen.
Ihre Lippen waren ebenfalls nicht echt, das war von hier aus zu erkennen. Na ja, und wenn eine ihre Lippen und Brüste operieren ließ, dann war ihr die eigene Nase meist auch nicht recht gewesen.
Siggi, wo bist du gelandet?
Der Naturbursche, der Wanderer durch die Welten, der Einzelgänger, der mit sich und der Natur eins wurde, wenn er sich tagelang einem Gipfel auf mühevollste Weise und unter strengster Askese genähert hatte und am Ende seine herrlich gerade gewachsenen, von der Sonne gebräunten Beine neben dem Bergkreuz ausstreckte.
So meinte er die Wahrheit des Lebens zu erfahren.
Das war es, was ihn ausmachte und prägte.
Einer, der mit unbeeindruckter Miene die Partys dieser Welt Partys sein ließ, ohne im Entferntesten etwas mit ihnen zu tun gehabt zu haben.
Das war Siggi.
Mein Siggi.
Und nun das.
Die Frau, die einer so genannten Kultmoderatorin namens Clemona Waldbaum zum Verwechseln ähnlich sah, hatte den Hauch eines Hemdchens an und wirkte auch in der Konversation, der sie sich am Nebentisch nun hingaben, nicht wahnsinnig aktiv.
Das andere Pärchen kannte ich nicht.
Sahen beide etwas hohl aus.
Siggi schien sich bestens zu amüsieren. Er streichelte Clemona immer wieder über die Wangen und küsste ihre Hände.

Hatte er bei mir noch nie gemacht.
Ehrlich!
Noch nicht ein einziges Mal.
Wahrscheinlich überschüttete er Miss Genitiv mit Komplimenten, das ließ seine Körpersprache erkennen.
Durch die Palme.
Aloahe!
Bei mir war es exakt andersherum gewesen.
Ich hatte ihn all die Jahre überschüttet mit Höflichkeiten und ernst gemeinten Lobgesängen. So intensiv, dass er bescheiden abgewunken und darum gebeten hatte, dies doch besser einzustellen.
Im Gegenzug war nicht eine Silbe über seine Lippen gekommen.
Das Netteste war vielleicht, dass er lachte, als ich barfuß über ein Dach zu klettern versuchte und mit den Füßen an der Teerpappe hängen geblieben war.
»Was für niedliche, dicke Füßchen«, hatte er damals gesagt und sich gekringelt vor Vergnügen.
Mein Magen war wie zugeschnürt.
Manfred schien zu merken, was in mir abging, und tröstete mich.
»Vergiss es, Corinna. Das bedeutet nichts.«
Es konnte ja ruhig etwas bedeuten. Wir waren ja auseinander. Und ich war gar nicht so sicher, ob ich ihn hätte zurückhaben wollen, wenn er plötzlich auf meinem Bett gesessen hätte.
Es war zu viel geschehen, auch vor seinem endgültigen Schlussstrich.
Aber ich empfand es als tiefe Demütigung, das Theater hinter der Palme mit ansehen zu müssen.
»Bestellst du mir noch ein Glas Wein?«
Manfred nickte und rief den Kellner.

»Übrigens, hast du morgen Abendjournal?«
Er schien ablenken zu wollen.
Ich nickte.
»Ich muss die ganze Woche arbeiten. Außer heute. Und die nächste auch wieder.«
Missmutig trank ich den Rest des Weines aus.
Manfred fuhr fort: »Morgen hast du ein heikles Thema. Rentenreform.«
Ich nickte. Hatte es am Nachmittag auf der Planungsliste gelesen. Es sollte auch ein Interview geben mit irgendeinem Gewerkschafter, aber wer das sein würde, hatte noch nicht festgestanden.
»Die haben den Fehrtenbach gekriegt. Der kommt morgen.«
Manfred lehnte sich zurück und spielte mit dem Stiel seines Weinglases, den er zwischen den Fingern hin und her drehte.
Dabei sah er mich unentwegt an.
Ich verschluckte mich, musste husten und hielt mir die Serviette vor den Mund, um den Wein nicht wieder auszuspucken.
»Was sagst du?«, röchelte ich und schnappte nach Luft.
Mein Kollege lachte, während er mir auf dem Rücken herumklopfte.
»Ja, es stimmt. Beeindruckt dich das irgendwie?«
Er spottete.
Ahnte etwas.
Vielleicht wusste er auch mehr.
Susanne.
Na klar, die alte Schnepfe.
Hatte den Mund wieder nicht halten können nach dem Telefonat. Aber von München konnte er definitiv nichts wissen.

Höchstens spekulieren.
Und das war zu wenig.
Ich hatte mich schnell wieder gefangen.
Äußerlich.
Innerlich ratterten alle Programme ab, die je eingegeben worden waren.
Küsse bei Mondschein, Katastrophe in der Nacht, Missverständnisse am Morgen und dann: Funkstille.
Er hatte sich nicht mehr gerührt, ich hatte geschwiegen.
So ging das nun seit über zwei Wochen, und ich hatte ihn, nachdem ich etwa vierundvierzigtausend Mal seine Nummer gewählt, dann aber schnell wieder aufgelegt hatte, aufgegeben.
Schweren Herzens.
Es gab nichts mehr zu erklären, denn diese idiotische Geschichte mit Bébé hätten nicht einmal langjährige Insassen einer Heilanstalt, die harten Tobak gewohnt waren, akzeptiert.
Morgen also würde ich ihn wieder treffen.
Das ging schneller, als ich erwartet hatte.
Wenn er wüsste, dass er auf mich träfe, hätte er wahrscheinlich alles rückgängig gemacht.
Andererseits musste er einkalkulieren, dass er es mit mir zu tun bekommen würde, denn erstens gab es überhaupt nur drei Moderatoren für diese Sendung, und zweitens moderierte ich ja schon seit Montag.
Er wusste es also.
Ja, klar.
Ich strahlte Manfred an.
»Was hast du gesagt?«
»Nichts, Corinna.« Er schüttelte den Kopf und grinste in sich hinein. »Gar nichts.«
Plötzlich zuckte er zusammen und ging auf Tauchstation.

»Achtung, er kommt«, flüsterte er.
Ich sah durch die Palme zum Nebentisch.
Siggi war aufgestanden. Sicher wollte er zur Toilette gehen. Eine schwache Blase hatte er immer gehabt.
Das hatte mich übrigens zunehmend genervt.
Ich duckte mich ebenfalls, und als meine Nasenspitze die Serviette neben dem Teller erreicht hatte, entdeckte er uns.
»Ach, hallo, Corinna.«
Er steuerte auf unseren Tisch zu, und Manfred und ich beschlossen, wieder hochzukommen.
»Was macht ihr denn da unten?«
Er war arglos und freundlich.
»Ähm, meine Serviette war runtergefallen«, erklärte ich schnell, bevor Manfred etwas sagen konnte.
Aber der war weit entfernt davon. Ihm schien nicht sonderlich behaglich in seiner Haut zu sein. Zumindest hatte er die Arme über der Brust gekreuzt und betrachtete uns wie die Hauptdarsteller im Kino.
»Und, wie geht's so?«
Lässig stand mein Ex-Freund vor uns und wackelte mit dem rechten Bein.
Unsicherheit.
Eindeutig.
Früher hatte ich das für Coolness gehalten.
Nun wusste ich mehr.
Immerhin litt er immer noch unter seinem strengen Vater. Da war es mit dem Selbstbewusstsein im Leben nicht weit her.
Aber dank Matthias wusste ich das nun.
Er nicht!
»Danke. Sehr gut!«
Ich strahlte ihn an.

Na ja, war vielleicht ein bisschen viel, aber besser als zu wenig. Zumindest, wenn ich Frau Waldbaum da drüben betrachtete.
Die starrte glanzlos und dumpf vor sich hin.
Hatte wahrscheinlich nicht einmal mitgekriegt, dass ihr Prinz sich an einem anderen Tisch unterhielt.
»Ich komme bald, wegen der Sachen.«
Er wirkte wirklich unsicher, Herrgott noch mal.
»Ja, musst nur anrufen. Kein Problem.«
Madame Small Talk talkte very small.
Siggi merkte das wohl auch, denn er rückte sich gerade.
»Ja, ich geh dann mal.«
»Tu das, bevor es zu spät ist.«
Ich lachte leise über meinen gelungenen Witz, und er trollte sich.
Vorsichtig versuchte ich in mich hineinzufühlen.
Hallo?
Tausendfüßler?
Wo warst du?
Ganz hinten entdeckte ich ihn, zusammengerollt wie ein Kuschelhündchen.
Er schlief zufrieden.
Ich fühlte weiter.
Kein Schmerz?
Kein Loch im Bauch?
Trauer?
Wut?
Nein, Matthias, es blieb alles ruhig.
Nicht einmal atmen musste ich.
Im Gegenteil.
Das Gesicht von Peter tauchte vor mir auf, und die Schmetterlinge wirbelten wieder einmal los.

Ciao, Siggi.
Sag zum Abschied leise Servus!
Ich hatte es geschafft.
Wie wundervoll.
Ich ließ los.
Alles, was mit ihm zusammenhing.
Ein Triumph allerdings war es nicht.

Der Maskenraum war frisch gestrichen worden. Alles sah viel besser aus als vorher, und, was das Angenehmste war, die Wände waren jetzt gelb.
Gelb lässt die Seele tanzen.
Bei Gelb sah man gleich ganz anders aus.
Ich saß in dem bequemen Drehstuhl und lächelte mich an.
Viel wärmer und harmonischer wirkte ich, stimmiger mit mir und dem Umfeld.
Alleine durch das schöne Gelb.
Zu Hause legte ich manchmal das große Kosmetikbuch mit den vielen guten Tipps direkt unter die kleine Schreibtischlampe.
Wegen der riesigen Sonnenblume auf dem Umschlag. Wenn der Schein der Glühbirne auf das Buch-Cover fiel, wurde augenblicklich alles in dem winzigen Zimmer in tiefgelbe Farbe getaucht.
Gelb lässt die Seele tanzen.
Wie das stimmte.
Die Anthroposophen hatten Recht.
Ich sah auf die Uhr. Wo blieb nur die Maskenbildnerin?
Na ja, ich war ausnahmsweise ein bisschen zu früh gekommen, das konnte niemand hier ahnen, speziell

nicht, wenn es sich um mich, Frau Zeitnot höchstpersönlich, handelte.
Während ich meine Fingernägel überprüfte, bemerkte ich, dass ich summte.
Wie lange schon, wusste ich nicht.
»... Dann kamst du, und mit dir kam die Liebe, eine Liebe fürs ganze Leben ...«
Den Paukenschlag konnte ich nicht, also ließ ich ihn aus.
»... Und dann hab ich für immer dir mein Herz gegeben ...«
Peter fiel mir ein.
Peter Fehrtenbach.
Kein Wort, kein Anruf, keine E-Mail. Nichts.
Funkstille.
Totenstille.
Ich lächelte, nicht ohne eine Spur Bitterkeit.
Wie schön hatte alles begonnen. Fast wie eine große Liebe.
Oder wenigstens wie eine heftige Romanze.
Ob er wohl an mich dachte?
Ob wir uns jemals wieder sehen würden, nur wir zwei?
Ganz sicher war ich plötzlich nicht mehr, dass der Ratschlag Alexandras der richtige gewesen war. Ich hätte mich bei ihm melden müssen. Erklären, was vorgefallen war. Stella hatte es gleich gesagt, und bei dem Gedanken, mich womöglich komplett falsch verhalten zu haben, wurde mir leicht übel.
Ich schloss die Augen.
Vielleicht könnte ich noch etwas retten?
Warum rief ich ihn nicht jetzt gleich einfach an, um mir wenigstens nicht für den Rest meines Lebens vorwerfen zu müssen, ich hätte die ganze Sache durch meinen falschen, elenden Stolz vermasselt?

Wieder sah ich auf die Uhr.
Zeit hatte ich noch.
Peter.
Was sollte ich sagen?
Hallo, Peter, hier ist Corinna. Es ist zwar schon eine Weile her, aber ich sollte dir vielleicht etwas erklären …
Dabei betrachtete ich mich im Spiegel.
Trostlos.
Ausgeschlossen.
Mit leicht geöffnetem Mund und verschmitztem Lächeln versuchte ich es nun etwas anders.
Peter? Haha. Es ist die Zeit gekommen, dass ich ein Geheimnis lüften muss.
Undenkbar und völlig daneben.
Ich suchte mein Notizbuch aus der Tasche, nahm das Handy, wählte seine Nummer und setzte mich gerade auf den Sessel.
Caramba!
Flucht nach vorn!
Jetzt oder nie.
Das Band lief.
Schnell drückte ich das Gespräch weg.
Dann schüttelte ich wieder den Kopf.
Nein!
Falsch!
Die Vorstellung hatte begonnen, und ich war auf der Bühne.
Also noch mal!
Wahlwiederholung.
Das Band lief.
Caracho!
… sprechen Sie nach dem Piep!
»Hallo, Peter? Hier ist Corinna.«

Ich atmete tief durch und lehnte mich zurück.
»Ich möchte gerne mit dir reden.«
Während ich sprach, schaute ich mich im Spiegel an, als spräche ich mit mir selber. Über der Nasenwurzel entdeckte ich plötzlich diese kleine Längsfalte, die in letzter Zeit oft erschien.
Was hatte ich gerade gesagt?
So ging es nicht.
Man konnte nicht telefonieren und währenddessen sein Spiegelbild betrachten. Das lenkte enorm ab.
Ich drückte beide Füße am Mülleimer ab und vollführte mit Schwung eine halbe Umdrehung. Wieder sah ich in einen Spiegel.
Der war noch größer.
Also senkte ich das Haupt, starrte auf meine Knie und fuhr fort: »Ich glaube, ich bin dir eine Erklärung schuldig.«
So ging es auch nicht, diese Haltung war zu demütig. Damit schwand gleichzeitig das Selbstvertrauen, das ich in diesem Moment dringend benötigte.
Wieder sah ich in den Spiegel.
Sofort war der weiterführende Gedanke weg.
Also schloss ich die Augen.
»Peter, ich wäre froh, wenn wir Gelegenheit hätten zu reden.«
Ich schien es nicht unter Kontrolle zu haben, denn schon wieder blickte ich mir direkt in die Pupillen.
»Also, ruf mich bitte, wenn du Zeit hast, zurück.«
Gespräch beendet.
Puh.
Oder: Huh!
Hach! – Huh!
Vielleicht war dies der Anruf gewesen, der mein Leben verändern würde. Auf jeden Fall hatte ich getan, was ich

schon lange hätte tun müssen, und mehr war jetzt nicht drin.
Die Tür wurde geöffnet.
Maike kam herein.
»Mensch, du hier?« Ich freute mich wirklich, denn wir hatten uns seit unserem nächtlichen Intermezzo nicht mehr gesehen.
»Corinna, altes Haus.« Sie nahm mich in den Arm. »Das trifft sich gut. Ich muss nämlich dringend mit dir reden.« Geheimnisvoll sah sie mich an. »Ich wollte das nicht am Telefon machen.«
»Was ist denn los? Bist du schwanger? War der Tiger wilder, als der Wärter es erlaubte?«
»Hör mal auf mit deinen Witzen. Es geht um Fehrtenbach.«
Beschwörend legte sie ihre Hand auf meinen Unterarm.
»Peter?«
Was meinte sie?
»Hör zu, Corinna. Was ich dir jetzt sage, hast du natürlich nicht von mir. Ist das klar?«
Was sollte das denn jetzt? Dachte sie, der Verfassungsschutz wäre hinter ihr her?
»Nun red schon«, sagte ich ungeduldig.
»Versprich es mir.«
Gott noch mal, was war nur los?
»Schön, ich verspreche es!«
»Also.«
Sie hatte auf dem Schminkstuhl gegenüber Platz genommen und sah mich ernst an.
»Fehrtenbach hat eine Freundin.«
Erwartungsvoll sah sie mich an.
Fehrtenbach hat eine Freundin.

Nun gut, warum auch nicht?
Was?!
Er hat was?
Eine Freundin?
»Wie, Fehrtenbach hat eine Freundin? Was meinst du damit, er hat eine Freundin? Seit wann?«
»Seit Jahren, Corinna.«
»Wer … wer … wer … ist es denn?«
Mir war speiübel.
Dieser Mistkerl, dieser elende Feigling!
»Es ist die König, seine Sekretärin. Hermann hat mir alles erzählt.«
Sie nickte vor Eifer.
»So, Hermann hat es dir also erzählt?«
Dachte sie eigentlich, sie täte mir einen Gefallen mit dieser Horrorgeschichte?
Mein Kinn begann zu zittern.
»Und was bringt Hermann dazu, dir das zu erzählen? Woher will er das denn überhaupt so genau wissen?«
Ich schluchzte.
Eine Frechheit war das.
»Corinna!«
Erschrocken nahm Maike mich an den Schultern.
»Reiß dich zusammen, Mensch. Hermann erfindet so was doch nicht. Im Gegenteil, er will dich schützen.«
»Ich brauche aber niemanden, der mich schützt.«
Erregt war ich aufgesprungen.
Was bildete sich dieser Idiot von Hermann eigentlich ein?
Steckt seine Nase in Dinge, die ihn, weiß Gott, nichts angehen, und geht damit auch noch hausieren.
»Ich finde es unmöglich, was du hier mit mir machst!«
Ich schrie.

Ich fühlte, wie die Tränen sich eine Bahn suchten über mein Gesicht.
»Gerade eben habe ich auf sein Band gesprochen, weil ich mit ihm reden will, alles erklären, was vorgefallen ist. Er wird sicher bald zurückrufen ...«
Ich stockte.
Was, wenn er wirklich zurückriefe?
Was sollte ich tun?
Auflegen?
Den Apparat ausschalten für alle Zeiten?
Dann könnte ich ihn gleich wegschmeißen.
Wütend starrte ich Maike an.
Die hatte kraftlos die Arme herunterfallen lassen und stand ganz leer vor mir.
»Es tut mir Leid«, flüsterte sie. »Das wollte ich nicht.«
»Dafür ist es ein bisschen spät«, blaffte ich sie an.
»Corinna.«
Maike kam vielleicht zehn Zentimeter auf mich zu, so dass ich eine Geste der Abwehr machte.
Unbeirrt fuhr sie fort.
»Ich hatte keine Ahnung, wie wichtig dir der Typ ist.«
Sie sah an sich herunter.
»Es sah ja nicht gerade nach der großen Liebe aus, oder?«
»Oder, oder?«
Es musste zickig klingen, wie ich reagierte, aber das war doch wirklich das Allerletzte. Da machten sich wildfremde Leute Gedanken um mein Wohlergehen, maßten sich an, die Situation zu überblicken, und kamen mit derartigen Hiobsbotschaften um die Ecke.
Ich drehte mich um.
Himmel noch eins, ich hatte ja Sendung.
Maike schien das Gleiche eingefallen zu sein, denn sie holte das große weiße Umhängetuch vom Haken.

»Gib bloß her, ich mach alleine«, presste ich zwischen den Zähnen hervor, während ich ihr den Stoff aus der Hand riss.
Das hätte mir gerade noch gefehlt, dass diese Person mich jetzt schminkte.
Verwundert blieb sie vor mir stehen.
»Geht das nicht ein bisschen weit? Mann, Corinna, du musst doch die Wahrheit ertragen können.«
Die Wahrheit.
Verdammte Wahrheit.
Sie hatte Recht.
Ja, es stimmte, was sie sagte.
Matthias hätte mich sofort erwischt.
Meine Ängste wollten nicht zulassen, dass Peter eine andere haben könnte.
Ich wehrte mich dagegen, indem ich es einfach nicht glaubte und alle, die zur Aufklärung beitrugen, von hinten ermordete. Die klassische Alltagsneurose.
Fast alle Leute, die ich kannte, hatten ihre Schwächen auf diesem Gebiet.
Frei nach dem Motto: Wehe, du sagst mir die Wahrheit. Dann sag ich dir, dass du selbst ein moralisches Schwein bist. Sag mir nicht, dass mich meine Frau betrügt. Dann antworte ich dir, dass du ein elender, neidischer Lügner bist, der sein Leben nicht auf der Reihe hat.
Realitätsverdrängung nannte Matthias diesen Casus, und nachdem er ihn einen Nachmittag lang gemeinsam mit der ganzen Gruppe thematisiert hatte, war ich in Gedanken meinen Bekanntenkreis durchgegangen, um die armen Kranken zu entlarven.
Nun gehörte ich als besonders gelungener, schwer wiegender Fall dazu.
»Es tut mir Leid.«

Stöhnend ließ ich mich auf den Stuhl fallen.
»Einmal waschen, schneiden, legen, bitte. Und sag jetzt einfach nichts mehr.«
Sie legte ihre kühlen, schönen Hände auf meine Stirn, nickte mich freundlich an und schwieg.

Frau Schmoll war unerträglich.
Sie schnatterte und ratterte ohne Unterlass und ohne Sinn und Verstand. Vermutlich hatte sie noch kein einziges Bild dieser schönen Ausstellung angesehen. Und beabsichtigte es auch gar nicht.
Es schien, als hätte sie jahrelang kein menschliches Wesen getroffen, geschweige denn reden dürfen, und so holte sie alles an diesem Abend auf der Vernissage nach.
Warum sie sich ausgerechnet mich als Opfer ausgesucht hatte, wusste der Himmel. Jedenfalls verfolgte sie mich auf Schritt und Tritt, um mir mehr aus ihrem trostlosen Sein auseinander zu legen.
»Nun stellen Sie sich vor, und gestern habe ich dann endlich mein Haus übergeben. An die neuen Mieter. Also, Sie ahnen ja nicht, was ich draufgezahlt habe. Wissen Sie, ich bin ausgenommen worden wie eine Weihnachtsgans. Und mein Mann, der Arme, konnte gar nicht dabei sein, denn er hatte eine wichtige Baubesprechung. Dabei hatte er allein in den letzten vier Jahren drei Herzinfarkte …«
»Wovon denn?«
Ich hatte sie unterbrochen, fast schon wusste ich die Antwort.
»Wie meinen Sie das? Ich meine, er hat viel gearbeitet.

Die Verantwortung für neunzig Mitarbeiter. Wissen Sie, was das heutzutage bedeutet?«

Nun hatte sie sich vor mir aufgebaut und fuchtelte mit ihrem halb vollen Weinglas vor meiner Nase herum.

Na ja, also Sehnsucht nach neunzig Mitarbeitern konnte ich in der Tat kaum verspüren, und so wackelte ich ein bisschen mit dem Kopf, dass es zumindest den Anschein hatte, als dächte ich darüber nach, was es wirklich hieße.

»Neunzig Mitarbeiter, die jeden Monat pünktlich ihr Geld haben wollen. Und das bei den horrenden Lohnnebenkosten. Dann sind sie krank, und wir müssen Aushilfen einstellen, oder sie fahren in Urlaub oder werden schwanger, also ich meine natürlich die Frauen. Und dann ...«

»Diese Sorgen haben doch aber alle Arbeitgeber«, versuchte ich sie zu beruhigen.

Der Wasserfall sprudelte weiter: »Ja, aber neunzig Mitarbeiter hat nicht jeder. Und die Sorgen in der Baubranche, die können Sie sich gar nicht vorstellen. Die Klempner wollen ihr Geld pünktlich haben, die Maler, Elektriker ...«.

»Oh, Moment bitte.« Ich hatte keine Lust mehr, das Geschwafel weiter über mich ergehen zu lassen. »Ich sehe dahinten jemanden, mit dem ich unbedingt sprechen möchte.«

Dabei nickte ich Frau Schmoll kurz zu und ließ sie mit offenem Mund und angestrengtem Gesicht stehen.

Manfred war gekommen und bahnte sich den Weg durch die Gäste.

»Hallo, Corinna«, rief er. »Schön, dich zu sehen.«

Er nahm mich in die Arme wie all die Männer, die nicht genau wissen, ob sie dich ganz an sich heranziehen oder einen Meter wegdrücken sollen. Es war also ein Zwischending und müsste dementsprechend verkrampft ausgesehen haben, denn ich wiederum unternahm nichts, um die Umarmung in die eine oder andere Richtung zu steuern, sondern blieb steif wie ein Stock stehen.

»Na, altes Haus, wir haben uns ja eine Ewigkeit nicht gesehen. Erzähl mal, wie geht es dir?«

Er roch gut und strahlte mich an.

»Aramis oder Armani?«

»Wie meinst du?«

Er war kurz verwirrt.

»Ach so.« Er lachte. »Gar nichts von beidem. Ein neuer Duft eines Frisörs aus Berlin. Stark, nicht? Hat er mitgebracht, als er zur Sendung kam. Und stellte dann fest, dass er es gar nicht brauchte, weil die Zuschauer ohnehin nichts riechen können. Hahaha. So gab er es mir. Fantastisch, nicht wahr? Haha ...!«

»Ach, wie lustig«, bemerkte ich, und er schien zu merken, dass ich den Witz mit dem Geruchsfernsehen schon kannte.

Er nahm meinen Arm.

»Ich habe einen neuen Witz. Willst du ihn hören?«

Toll!

Noch einer.

Ich kannte Manfreds Scherze. Meistens waren es machobeladene Männergeschichten oder welche mit Schwulen oder Ausländern.

Mein Mund verzog sich.

»Also, pass auf: Drei alte Tanten treffen sich. Sagt die eine: Ich bin so vergesslich, dass ich einkaufen gehe und im ersten Geschäft schon vergessen habe, was ich kaufen wollte. Sagt die zweite: Ich wollte gestern Abend aus dem Keller Gurken holen, wusste aber auf der dritten Stufe schon nicht mehr, was ich unten wollte. Sagt die dritte: Ich weiß gar nicht, was … ach, Corinna, hör doch mal zu Ende zu. Der ist wirklich gut.«

Ich hatte wohl etwas uninteressiert gewirkt, aber Fehrtenbach, der mir seit Tagen im Kopf herumspukte, war mir gerade wieder eingefallen. Er hatte sich auf meinen Anruf hin nicht einmal gemeldet. Und ich fühlte mich inzwischen mehr als schlecht behandelt von ihm. Außerdem tat es weh. Es tat mir einfach weh in der Seele und im Herzen und im Bauch und in den Füßen. Überall. Nicht einmal der Tausendfüßler half mir, denn ihn konnte ich gar nicht mehr mit Fehrtenbach anfreunden, nachdem er alles erfahren hatte.

»Corinna, träumst du?«

»Nein, nein, Manfred, entschuldige bitte.«

Ich schüttelte mich etwas, um den Anschluss nicht gänzlich zu verpassen.

»Was sagte die dritte Dame?«

Manfred war sofort wieder mittendrin. Strahlend führte er das Werk zu Ende:

»Sagt die dritte: Ich weiß gar nicht, welche Probleme ihr habt. Ich habe bisher, toi, toi, toi, und dabei hämmerte sie mit den Fingern auf den Holztisch, nichts, aber auch gar nichts vergessen. Wer hat da geklopft?«

Er wollte sich ausschütten vor Lachen. Wie ein großer Junge bog er sich vor Vergnügen und verschüttete dabei die Hälfte aus seinem Weinglas, das ihm gerade gereicht worden war.

»Manfred, kann ich mal mit dir reden?«

Er hielt inne und stutzte, schien wohl den Ernst und die Dringlichkeit meiner Bitte bemerkt zu haben. »Klar, Kollegin. Komm mit.«

Einmal noch schüttelte er den Kopf wegen des wirklich gelungenen Scherzes, in Hochachtung wohl auch über sich selbst und darüber, wie gut er ihn verkauft hatte.
Dann nahm er meinen Arm und zog mich durch die kleine Halle hinaus auf die gemütlich beleuchtete Terrasse. Eine kleine Markise überdeckte ein Bänkchen, auf dem wir uns niederließen.
»Was ist los?«
Er prostete mir zu.
Ich wollte nicht lange drumherum reden, deshalb fiel ich mit der Tür ins Haus.
»Manfred, ist es möglich, dass ein Mann eine Freundin hat und sich trotzdem anderweitig verlieben kann?«
Er schluckte den Weißwein schnell hinunter und sah mich verwundert an.
»Was ist denn das für ein Interview? Versuchst ausgerechnet du, die Psyche des Mannes zu ergründen?«
»Hör doch mal auf. Sag mir einfach, ob es geht oder nicht.«
Er musste nicht lange nachdenken.
»Aber klar geht das.«
Er beugte sich zu mir herüber.
»Theoretisch kann er sich sogar in zwei Frauen gleichzeitig verknallen, zu der eigenen, bereits vorhandenen.«
Erwartungsvoll sah er mich an.
»Und praktisch?«
»Praktisch selbstverständlich ebenfalls.«
Beinahe zufrieden strich er sich ein Hosenbein am Oberschenkel gerade.
»Aber dann kommt er in Schwulitäten.«
Er blickte auf. Nachdenklich verfolgte er seinen Gedanken weiter.
»Die Logistik und Organisation werden schwieriger.

Immer schwieriger.«
Er schien zu wissen, wovon er sprach.
»Man muss sich vor dem Chaos schützen.«
Organisation.
So waren sie, die Männer.
Großmutter, ich habe häufig mit dir gestritten, und du warst ein zäher Partner, aber in diesem einen Punkt hattest du verdammt Recht.
Sie sind alle gleich, die Kerle.
Gleich schlecht.
Ich wandte mich ab. Spürte seine Hand leicht auf meinem Oberschenkel.
»Trotzdem kann er es ernst meinen, mit allen, verstehst du? Also, ich meine, in Wirklichkeit betrügt er keine von allen dreien, denn seine Gefühle sind aufrichtig.«
Beschwörend nahm er meine Hand.
»Das hört sich, zugegeben, etwas merkwürdig an.«
Er schien selbst zu bemerken, dass es geradezu abstrus war, was er da von sich gab.
»Aber es entspricht voll und ganz den Tatsachen.«
So so.
Er fiel auf die Bank zurück.
»So sind sie nun mal, die Männer.«
Ja, er schien wirklich ein wenig stolz zu sein auf seine Artgenossen, auf diese verdammt tollen Hechte, die sich alles leisten und dabei über ihre Einzigartigkeit nachsinnen, während reihenweise gebrochene Herzen ihren Weg pflastern.
Und warum sollte Fehrtenbach nicht aus diesem Holz der Herrlichkeit geschnitzt sein?
Wunderbar.
Ich in einer Reihe mit der Königin, seiner rassigen Sekretärin.

Diesem Monster, das mich nicht zu ihm durchgestellt hatte.
Die alles versuchte, mich abzublocken.
Ihn abzuschirmen.
Alte Schnepfe.
Damals war mir alles schon mehr als suspekt erschienen.
Ruckartig kam Manfred wieder von der Bank hoch.
»Warum willst du das eigentlich wissen?«
»Drei Mal darfst du raten.«
Ich sah ihn wohl etwas bockig an.
»Von wem ist denn die Rede?«
Er schien zu verstehen und schnupperte wie ein Hund mit der Nase im Wind.
Ich schluckte.
»Lass mich raten«, schlug mein Kollege vor und redete weiter.
»Er ist dunkel, erfolgreich, liebt die Gerechtigkeit, vertritt das Volk und seine Interessen und …«
»Ja, ja, ist ja schon gut«, unterbrach ich ihn. Ich hatte längst geahnt, dass Manfred Bescheid wusste, und ich konnte eins und eins zusammenzählen, um mit nachtwandlerischer Sicherheit bei Susanne, dem wandernden Sprachrohr, zu landen.
»Hat er noch eine andere?«
Der Fall schien Manfred zu interessieren.
»Es heißt, er habe seit Jahren ein Verhältnis mit seiner Sekretärin.«
Ich sah ihn an.
Mein lieber Kollege, der für zahlreiche Amouren bekannt war, machte den Eindruck, als wäre ihm nicht ganz wohl in seiner Haut.
»Außerdem«, fügte ich hinzu, »habe ich kein Verhältnis

mit ihm. Wir waren ein einziges Mal zusammen aus, nicht mehr und nicht weniger.«

»Nicht mehr?«

Er schien verwundert.

»Na ja, vielleicht ein bisschen. Jedenfalls fing es ganz gut an.«

In Gedanken streifte ich kurz unser Laterneninter-mezzo, dachte an die König, die ich bis auf ein Telefonat nicht kannte, und fragte mich, welcher Art dieses Verhältnis wohl sein mochte.

Vermutlich kochte sie den besten Kaffee dieser Erde, willig und immer, wenn es ihn danach gelüstete, band die perfektesten Krawattenknoten, sorgte dafür, dass er immer reichlich zu essen hatte, koordinierte seine Termine akribisch, keifte alles aus der Leitung, was nicht amtlich dahin gehörte, und trug im Büro Strapse. Kein Wunder, dass er angebissen hatte.

Bequemer ging es nicht.

Matthias fiel mir ein.

Wie würde er diesen Fall beurteilen?

Er würde mich aus seinen wässrig blauen Augen ansehen, mit den Schultern zucken und sagen: »Nun gut. Wenn er es so mag? Klingt ein wenig nach der perfekten Mutter, die noch anderes draufhat. Vielleicht eine fabelhafte Verbindung. Wenn es so ist, muss man es akzeptieren. Er hat es sich so ausgesucht.«

Und was war mit mir?

Wie konnte er sich in einer stimmigen Beziehung für eine andere erwärmen?

Mit dieser Leidenschaft?

Nein, Freunde, das konnte doch nicht stimmen.

Wenn es jedoch nach Manfred ginge, stimmte es eben doch.

»Und was würde danach kommen?«
Manfred riss mich aus meinen Überlegungen.
»Wie bitte?«
»Du hast gesagt, es fing gut an mit euch. Was geschah denn dann?«
Ich musste seufzen.
»Das ist eine lange Geschichte, und wenn ich sie dir erzählte, würdest du sie nicht glauben.«
Ich streckte die Beine aus.
»Ich hab auch selber Schuld.«
Verschränkte die Arme.
»Und dieser verdammte Bébé.«
Nun stützte ich den Kopf in die Hände, während Manfred mich beobachtete.
»Du meinst deinen guten Freund, den Schriftsteller?«
Er kannte Bébé, hatte ihn bei einem kleinen Umtrunk in unserem neuen Haus kennen gelernt, damals, als Siggi und ich eine Einweihungsparty gegeben hatten.
»Ja, ich spreche von diesem Wahnsinnigen.«
Ich sah Manfred an.
»Weißt du was?«, rief ich plötzlich.
»Ich habe keine Lust mehr, darüber nachzudenken. Schwamm drüber. Adios, Muchacho!«
Ich wurde von meiner eigenen Entschlossenheit überrollt.
»Komm, Manfred, wir holen uns noch was zu trinken.«
Als wir an dem großen Ausstellungsraum vorbeikamen, hörte ich die Schmoll gerade schwafeln: »Also, wirklich. Was haben wir damals draufbezahlt. Wir wurden ausgenommen wie die Weihnachtsgänse.«
Nicht nur ihr, meine Liebe, das kann ich dir aber flüstern.

Privatklinik Schloss Waldsee.
Eine weiße Villa im viktorianischen Stil beherrschte eine leichte Anhöhe, umgeben von großen, alten Bäumen.
Ich liebte solche Bäume über alles, für mich strahlten sie Erfahrung und Weisheit aus.
Würde ich noch einmal geboren werden, würde ich mir wünschen, ein Baum zu sein. Zum Beispiel in diesem Park.
Natürlich nicht neben einer Autobahn.
Der kleine See, den ich beim Näherkommen entdeckte, war auch nicht von schlechten Eltern.
Wie gelackt zog sich die Oberfläche von Ufer zu Ufer, einige Seerosen wirkten wie Schmuck darauf.
Es herrschte allgemeine Ruhe.
Hier also war Dr. Gernand tätig.
Gregor Gernand, der Mann mit dem Loch im Kopf.
Ich drückte die Flasche schottischen Malzwhiskys fester zwischen Arm und Rippen und näherte mich dem Eingangsportal, das rechts und links von weißen Säulen gestützt wurde.
Leise nickte ich mit dem Kopf und war sicher, dass eine Krankheit nur noch halb so schlimm sein könnte, wenn sie in diesem Umfeld kuriert werden durfte.
Gregor Gernand.
Dieser Mann passte hierher.
Wie nichts anderes.
Ein kleiner Vogel zwitscherte vom Dach der Eingangspforte herunter. Als ich genauer schauen wollte, klingelte das Handy.
Es war Maike.
»Ciao, Corinna, ich hab nicht viel Zeit. Aber es gibt eine Nachricht, die dich umhauen wird.«
»Aha. Schon wieder?«

Seit sie mit Hermann liiert war, hatten wir selten miteinander telefoniert, und unser Kontakt beschränkte sich zurzeit beinahe ausschließlich auf unsere gemeinsamen Dienstzeiten.
»Was ist los, Maike?«
»Hermann und ich werden heiraten!«
»Wie bitte?«
Hatte sie heiraten gesagt?
Maike und dieser Referent?
Sie kannten sich noch keinen Monat lang.
»Ihr heiratet? Geht das nicht ein bisschen schnell?«
Wie ich Leute hasste, die anderen die Freude so schnell und gnadenlos verderben konnten.
Ich gehörte eindeutig dazu.
»Hör doch mal auf mit deiner Spießerei, Corinna. Ist es nicht wundervoll?«
Maike jauchzte am anderen Ende.
»Ja, natürlich. Es ist wundervoll, Kleine. Ich freue mich wirklich für dich.«
Mann, ich war verdattert wie mein Namenskollege Marty in seinen besten Rollen.
»Und das Allerbeste kommt erst«, brüllte meine Freundin begeistert in die Muschel.
»Jetzt lasse ich mir endlich die Nase operieren! Fantastisch, nicht wahr? Endlich werde ich diesen elenden Zinken los. Hermann bezahlt alles!«
»Oh, Baby«, murmelte ich, »das ist doch gar nicht nötig.«
Es war wirklich nicht nötig, im Gegenteil, ich empfand »den Zinken« als äußerst harmonisch in ihr hübsches Gesicht eingefügt, aber Maike redete seit Jahren darüber, dass sie ihre Nase als zu groß erachte. Anscheinend litt sie stärker darunter, als ich gedacht hatte.
»Und nun muss ich Schluss machen, Schatz. Wir müs-

sen ins Flugzeug einsteigen. Wir müssen nach Berlin. Dienstlich. Ich melde mich wieder. Tschüüüss!«
Wow!
Alle Achtung. Maike heiratete.
Hermann.
Why not.
Und nach Berlin flogen sie. Natürlich würde auch Fehrtenbach dort sein.
Wahrscheinlich mit der König.
Seiner Königin.
Der Königinmutter.
Sollte er doch.
Mein Telefon klingelte erneut.
Nanu, hatte sie etwas vergessen?
»Hallo, Corinna, hier ist Bébé.«
Ich sah mich um, ob ich mich hinsetzen konnte, irgendwo, hier.
Himmel, heute war der Tag der Überraschungen.
»Wer ist dort?«
Ich benötigte einen Moment, um zu überlegen, wie ich mich verhalten sollte. Nachdem ich ihn im Hotel mit aller Gewalt aus dem Zimmer geworfen hatte, war ich sang- und klanglos abgereist und hatte mich nicht mehr bei ihm gemeldet.
Er sich auch nicht.
Bis jetzt.
»Bébé ist hier. Bist du noch böse?«
Er schmeichelte wie ein kleines Kind, das noch nicht ins Bett wollte.
»Was heißt böse? Nein, nein, lass mal, Bébé.«
Ich atmete tief durch und lehnte mich an einen riesigen Findling, der nahe am Weg lag.
Was sollte ich jetzt noch Theater machen?

Die Angelegenheit mit Fehrtenbach war erledigt, und es würde sich heute Abend zeigen, ob er überhaupt noch mit mir redete. Die schönen Gespräche mit Bébé hatte ich aber in der vergangenen Zeit vermisst.

»Corinna, du fehlst mir.«

Seine Stimme klang wirklich etwas traurig.

»Du mir auch.«

»Außerdem muss ich dir dringend etwas erzählen, was mir seit Tagen auf den Nägeln brennt.«

»Aha?«

Ein leichtes Unbehagen, vielleicht eine winzige Ahnung, begann in meinem Halsinneren nach oben zu kriechen.

»Ja. Es betrifft diesen Typen aus dem Hotel, mit dem ich an dem besagten Morgen telefoniert habe, ohne dass du es wolltest.«

Zack, stand ich gerade.

Das Unbehagen besetzte in Windeseile meinen gesamten Körper.

»Du meinst Peter Fehrtenbach?«

»Genau den. Ich hab seine Nummer notiert, die im Display erschienen war. Für alle ...«

»Was hast du getan?«

Ich brüllte ihn an.

Schon wieder schrie ich diesen Mann an.

»Für alle Fälle«, brachte Bébé den Satz zu Ende und versuchte meine aufkeimende Erregung zu beschwichtigen, indem er seiner Stimme etwas sehr Verbindliches, Katzenfreundliches verlieh.

»Was heißt denn für alle Fälle? Spinnst du eigentlich? Was geht dich dieser Mann an?«

Im Sekundentakt war ich auf hundertachtzig.

Natürlich war mir klar, dass dieser Klotzkopf den Mann von der Gewerkschaft noch einmal angerufen hatte.

»Wann hast du mit ihm gesprochen?«
»Wenige Tage später«, kam es kleinlaut aus dem Hörer.
»Und? Wie lautete deine Mitteilung, ohne die er wohl nicht hätte weiterexistieren können?«
Ich schüttelte den Kopf und lehnte mich wieder an den großen Stein.
Das musste man sich mal auf der Zunge zergehen lassen. Bébé rief einen wildfremden Mann an, von dem er nur wusste, dass ich in ihn verliebt gewesen war.
Stille am anderen Ende.
»Bébé, verdammt noch mal. Jetzt sag endlich, was du geredet hast!«
»In dem Ton kann ich das nicht.«
Das fehlte mir noch. Er trotzte wie ein kleiner Bengel. Was denn noch?
Sollte ich ihm ein Beruhigungslied vorsingen?
»Bébé, wenn du nicht sofort die Zähne auseinander machst und mir auf der Stelle erzählst, was du angerichtet hast, verspreche ich dir, in meinem ganzen Leben nie wieder auch nur ein einziges Wort mit dir zu wechseln.«
Ich holte tief Luft.
»Also, ich höre!«
Mit der rechten Fußspitze schlug ich einen flotten Takt an.
»Ich habe dich ihm zurückgegeben.«
Klang das feierlich oder weinerlich?
»Wie meinst du das?«
»Ich teilte ihm mit, dass es sich bei dem Telefonat am Morgen im Hotel um einen Scherz gehandelt hatte. Dass ich dein Bruder sei und mich über dich lustig gemacht hatte.«
»Oh, Jesus, meine Zuversicht!«

Ich rutschte an dem Felsbrocken hinunter und blieb stöhnend im Gras hocken.
Während ich meinen Kopf mit einer Hand abstützte, bemerkte ich leise: »Etwas Dämlicheres ist dir wohl nicht eingefallen?«
Es war einfach typisch für Bébé. Überall, wo er hinkam, löste er das blanke Chaos aus. Was wohl Fehrtenbach davon gehalten hat?
Er fühlte sich natürlich verschaukelt, und zwar nicht nur von Bébé.
»Hat er dir davon denn nicht erzählt?«
Mein einstmals bester Freund am anderen Ende der Leitung klang nun interessiert.
»Hat er dir davon nicht erzählt? Hat er dir davon nicht erzählt?«, äffte ich ihn nach. »Seit deiner unglückseligen Intervention hat sich Peter überhaupt nicht mehr bei mir gemeldet, du Wahnsinniger.«
Laut stieß ich den Atem aus.
»Kannst zufrieden sein mit dem Ergebnis.«
»Ist das wirklich wahr?«
Ganz vorsichtig kamen die Worte, und ich merkte, dass es ihm wirklich Leid zu tun schien.
»Ja, es ist wahr. Und nun lass gut sein, Bébé. Lass uns ein andermal weitersprechen. Ich möchte Schluss machen.«
Dabei sah ich auf die Armbanduhr und stellte fest, dass ich mich in der Tat sputen musste, wenn ich Gregor Gernand die Flasche Whisky noch bringen wollte, bevor ich in den Sender fahren würde.
»Hast du noch einen kleinen Moment?«
Er schien noch etwas auf dem Herzen zu haben, und ich betete, dass er nun nicht wieder mit der alten Liebesleier loslegte.

Leise stöhnend murmelte ich: »Wenn es unbedingt sein muss.«
»Ich werde heiraten.«
Aha.
Er also auch.
Heute war nicht nur Tag der Verschollenen, sondern auch der Heiratswütigen.
Er hatte sich geräuspert, bevor er es ausgesprochen hatte, und ich konnte mir vorstellen, welches Gesicht er gerade machte.
»Glückwunsch. Du bist heute schon der Zweite. Besser gesagt, der Zweite in den vergangenen fünf Minuten. Kenn ich die Glückliche?«
Ganz so locker und erfreut, wie es klang, war es nicht gemeint. Ein kleiner Stich drang durch meine Brust. Aber andererseits war es ja das, was er sich sehnlichst gewünscht hatte. Nur, wer konnte es sein?
»Es ist Sieglinde. Ich habe sie mehr geliebt, als ich es mir eingestehen wollte.«
Ach, du Himmel.
Sieglinde.
Seine alte, neue Flamme. Seine Managerin. Die Mutter.
»Matthias verbrachte ein ganzes Wochenende mit mir am Meer, weil ich herausfinden wollte, wer ich bin und wie es weitergehen soll mit mir.«
Bébé hatte sich offenbar vorgenommen, alles haarklein zu erzählen.
Herrje noch mal, Matthias hatte ihn dazu überredet?
Das konnte doch nicht wahr sein.
»Du meinst, Matthias glaubt, Sieglinde sei die Richtige zum Heiraten?«
Ich wollte es nicht wahrhaben.
Viel zu wertvoll, ja, manchmal geradezu weise waren

seine Hinweise während der Therapie gewesen, die mich wirklich voranbrachten und entscheidende Veränderungen in meinem Sein bewirkten.
Aber Sieglinde und Bébé?
»Also, er hat es nicht direkt gesagt. Aber es ist das Ergebnis, zu dem ich selbst gekommen bin.«
»Hm.«
Ich kratzte mich am Kopf.
»Was sagt denn Sieglinde zu ihrem unverhofften Glück?«
»Sie ist schwanger.«
Doing!
»Von dir?«
Ich wollte die etwas angespannte Situation durch einen kleinen Scherz auflockern.
»Nein, Corinna. Nicht von mir. Das Kind ist bei einem One-Night-Stand entstanden. Aber ich werde es adoptieren.«
Pang!
Die Rama-Familie.
Ich sah Bébé schon vor mir.
Im Garten, am gedeckten Frühstückstisch, hielt er das Kleine, das gerade Pipi machte, während Sieglinde ihm ein Marmeladenbrötchen schmierte.
Was sollte ich dazu sagen?
Vielleicht war alles Vorsehung?
Die Krise von Bébé, seine verzweifelte Torschlusspanik und die zufällige Schwangerschaft Sieglindes.
Wahrscheinlich hatte alles seine Richtigkeit.
Bébé wollte eine Familie, wollte Verantwortung übernehmen und einen Sinn in seinem Leben finden.
Die beiden kannten sich seit vielen Jahren und hatten zumindest tiefes Vertrauen zueinander.

Auf jeden Fall hatte er jetzt eine Entscheidung getroffen.
Ich richtete mich auf und ging weiter, Richtung Privatklinik.
»Wie schön für dich«, flüsterte ich.
»Meinen Segen habt ihr. Sag rechtzeitig Bescheid, damit ich mir den Hochzeitstermin freihalte.«
Als ich auflegte, spürte ich Tränen in mir hochsteigen. Wahrscheinlich aus lauter Freude.

Gregor Gernand saß in einem schwarzen Ledersessel und las in Akten, die in einem dicken Stapel vor ihm auf dem Tisch lagen.
Als ich das Zimmer betrat und ihm den Whisky überreichen wollte, sprang er auf und kam mir freundlich lächelnd entgegen.
»Frau Feldmann. Das ist wirklich nett von Ihnen, mich hier zu besuchen.«
Er nahm meinen Arm und führte mich zu einer kleinen Sitzgruppe, ebenfalls aus schwarzem Leder.
Als ich mich auf einem kleinen Sesselchen niederließ, machte meine Hose, die auch aus Leder gearbeitet war, verdächtige Geräusche.
Leicht hysterisch lachte ich unvermittelt kurz auf.
Typisch.
Ich hätte es auch einfach überhören können, wie er es tat. Wäre wohl eleganter gewesen.
»Hallo, Herr Gernand. Es ist immer noch das schlechte Gewissen, das mich zu Ihnen treibt.«
Strahlend erläuterte ich ihm, wie wichtig es mir sei, zu wissen, dass ihm kein bleibender Schaden entstanden sei.
Er sah mehr als blendend aus.

Leicht gebräunter Teint, seine blauen Augen leuchteten, und der weiße Kittel stand ihm extrem gut.
Ich hatte nicht gewusst, dass Berufskleidung mich dermaßen beeindrucken konnte.
Gernand hatte sich auf der Lehne des daneben stehenden Stuhls etwas kippelig niedergelassen und war auf diese Weise so nah an meinem Arm, dass er mühelos seine Hand darauf legen konnte.
»Machen Sie sich keine Sorgen mehr um mich. Es ist alles verheilt. Hier, schauen Sie selbst.«
Mit den Fingern teilte er das Haar oben auf dem Kopf, um mir die zugewachsene Wunde zu zeigen.
Ich sah nur Haare.
Feste, dunkelblonde, schöne Wolle.
»Wenn Sie mit dem Finger fühlen wollen?«, munterte er mich auf.
Wie bitte?
Na, gut, wenn er es unbedingt wollte.
Just in dem Moment, in dem ich meinen Zeigefinger auf sein geneigtes Haupt legte, wurde die Tür aufgerissen, und eine aufgeregte junge Schwester kam hereingerannt.
»Herr Doktor, kommen Sie bitte. Schnell. Der Patient mit der Nierentransplantation auf D3 ist ins Koma gefallen.«
Sie hatte sterile Kleidung für ihn dabei, die sie auf den Tisch warf, und war schon fast wieder draußen.
Er sprang auf, schnappte den Kittel, rief mir noch zu: »Wir sehen uns wieder«, und rannte hinter ihr her.

Benedicte war eine Aushilfsmaskenbildnerin und nicht sehr hübsch. Sie war äußerst ungepflegt und unförmig, was unter anderem daran lag, dass sich entschieden zu viele Pfunde auf ihren Knochen befanden, und sie hatte ein aufgedunsenes Gesicht. Außerdem schminkte sie nicht gut.

Um ehrlich zu sein, sie schminkte geradezu chaotisch.

Das heißt, sie malte fahrig und ohne Konzept auf meinem Gesicht herum.

Nichts hasste ich mehr.

Mit butterweichen Händen schob sie Pinsel, Schwämmchen und Quasten wahllos über die Haut, und wenn ich gelegentlich einmal den Hauch einer Berührung spürte, hatte ich Glück.

Auf diese Weise konnte sie unmöglich das Make-up auftragen.

Es blieb im Schwamm.

Nicht im Gesicht.

Keine der fest angestellten von mir geliebten Schminkdamen hätte sich das erlaubt, was Benedicte in völliger Unwissenheit hier abzog.

Sie tänzelte ziellos auf ihren kleinen Füßchen vor mir herum, fummelte, während sie das rechte Auge schminkte, an meinem Haar und war völlig unkonzentriert.

Ich merkte, wie Kommissar Ungeduld sich näherte, um ihr das Werkzeug aus der Hand zu nehmen.

Dann versuchte sie sich an einer Augenbraue, und ich nahm den Geruch kalter Asche wahr.

Sie musste wohl geraucht und vergessen haben, sich die Finger zu waschen.

Quelle misère!

Sehr unangenehm für das Opfer. Ich hielt die Luft an.

»Sind ein bissel zugewachsen, deine Augenbrauen«,

gab sie von sich, und ich spürte, dass nicht nur ihre Finger nach Qualm rochen.
Da konnte ich die Luft anhalten, soviel ich wollte. Es war einfach nicht sehr angenehm, den Kopf einer fremden Person, die derartige Gerüche von sich gab, so dicht vor sich zu haben.
Die Chefin der Maskenbildnerinnen hatte mir erzählt, dass die Damen früher Sprechverbot hatten, wenn sie sich zu ihren Klienten herunterbeugten.
Das klang gut, weil es wirklich nichts Schlimmeres gab, als den Atem einer fremden Person ertragen zu müssen, die nicht aufhörte zu schnattern.
Dicht vor der eigenen Nase.
Dieser Job, das hatte ich im Lauf der Jahre erkannt, war eklatant wichtig für das Gelingen einer Sendung.
Wenn man als Moderator an ein Alien geriet, das nicht wusste, wie wichtig Verständnis und gute Worte kurz vor der Show sein können, war man verratzt.
»Müsstest sie mal wieder zupfen lassen.«
Es klang geradezu gelangweilt aus ihrem Mund, und sie schien nicht zu begreifen, dass sie mich pausenlos beleidigte.
Ich war zwei Tage zuvor bei Anne, der besten Augenbrauenzupferin der Welt, gewesen, und wenn ich auf etwas stolz war, dann auf diese frisch gestylten, wunderschön geschwungenen Bögen.
Dass Benedicte mit ihren Bauernpratzen gar kein Gefühl für Exaktheit hatte, überraschte mich nicht.
Aber dann sollte sie endlich ihren Mund halten und mich nicht noch darüber rätseln lassen, ob es nun zwei oder drei Knoblauchzehen gewesen waren, die sie neben Hunderten von Zigaretten verdrückt zu haben schien.

Sie war wirklich nicht mein Fall. Und ich kannte mich gut genug, um zu wissen, was bald geschehen würde.
Mit der unendlichen Langsamkeit einer Nacktschnecke suchte sie jetzt nach einem Spezialpinsel für den Lidstrich.
Ich sah auf die Uhr.
In einer Viertelstunde begann die Sendung, und ich saß hier wie eine venezianische Maske, nämlich halb geschminkt.
»Ich muss gleich raus«, hetzte ich sie nun vorsätzlich und griff nach dem Pinselchen, das ich längst auf dem Rouge entdeckt hatte.
Es schien sie überhaupt nicht zu stören. Sie lehnte sich an den Stuhl neben meinem und sah mir uninteressiert und mit leicht hängendem Blick zu.
Freizeitorientierte Schonhaltung.
Hatte ich mal bei einem Seminar über die Aufstiegsmöglichkeiten im Berufsleben gelernt.
War fast die unterste Stufe, also mit Sicherheit der gezielte Weg in die Erfolglosigkeit.
Sollte sie doch.
Ich schminkte mich nun in affenartiger Geschwindigkeit selber dem Ende entgegen und war so mit mir beschäftigt, dass ich nicht bemerkte, wie die Tür geöffnet wurde und Hermann eintrat.
»Guten Abend.«
»Hallo.«
Flüchtig schaute ich vom Spiegelchen hoch, das ich in meiner linken Hand hielt, um mit der rechten die Lippenkonturen zu ziehen.
»Oh, hallo!«
Plötzlich saß ich kerzengerade.
Es war also Hermann, der mir freundlich zulächelte und

mir anscheinend zu verstehen zu geben versuchte, dass wir ein gemeinsames Geheimnis hatten.
Aber gerne, warum nicht?
Ich lächelte verschwörerisch zurück und nickte leicht mit dem Kopf, während ich bemerkte, dass ich nicht die leiseste Sehnsucht verspürte, mit ihm über die neuesten Entwicklungen und Infos im Fall Fehrtenbach/Feldmann zu diskutieren.
Aber wo war Peter?
Himmel, wie sah ich denn überhaupt aus?
Ich warf einen Blick in den Spiegel.
Nicht schlecht und nicht gut, nicht dumm und nicht klug, nicht arm und nicht reich, nicht hart und nicht weich …
Ein Abzählreim aus meiner Kindheit.
Sehr komisch in diesem Moment.
Wie sah ich schon aus?
Wie immer eben.
Natürlich, Peter musste ja auch hier geschminkt werden.
Konnte jemand so dämlich sein und das vergessen haben?
Vielleicht verdrängt?
Der gute Hermann schien meine Gedanken erraten zu haben, denn er bemerkte zu Benedicte: »Der Herr Dr. Fehrtenbach wird in wenigen Augenblicken hier sein. Er spricht gerade noch mit dem Chefredakteur.«
Natürlich, mit dem Chefredakteur.
Mensch, Hermann, der Chefredakteur war längst zu Hause.
Er sprach, wenn es hoch kam, mit dem CvD, dem Chef vom Dienst.
Aber bitte, es klang auf jeden Fall gut.
Komisch, dass es stets die Agenten waren oder die Re-

ferenten oder die Sekretärinnen, die sich viel komplizierter gaben als die Person, um die es ging.
Sie schoben meist einen Wust an Wichtigkeit und Wünschen, die immer in sehr konkreten Forderungen endeten, wie ein riesiges Paket vor sich her, dass man darüber nur den Kopf schütteln konnte. Erschien dann der Protagonist, schrumpften sie in Sekundenschnelle auf Zwergengröße zusammen.
So war es mit den Lakaien von Lagerfeld, Königin Silvia und von Tom Jones.
Die Tür öffnete sich mit Schwung, und er trat ein.
Peter Fehrtenbach.
Dr. Peter Fehrtenbach.
»Schönen guten Abend.«
Er strahlte mich an, als hätte es die Geschichte im Hotel niemals gegeben.
Als existierte der Name König nicht und die dazugehörige Eigentümerin erst recht nicht.
»Frau Feldmann, nett, Sie wieder zu sehen.«
Er siezte mich.
Frau Feldmann.
Na, klar.
Was hatte ich denn erwartet?
Aber andererseits, was sollte er tun in Anwesenheit des treuen Hermann und der dicken Benedicte?
»Hallo, Herr Fehrtenbach.«
Heiß und kalt wurde es mir plötzlich, und zum ersten Mal in meinem Leben konnte ich physisch nachvollziehen, was es heißt, dass einem das Herz in die Hose rutscht.
Alles jedoch wollte ich, nur nicht, dass er bemerkte, wie es um mich stand.
Los, Kriegerin, auf in den Kampf. Ich tue wie Tulpe und bin ganz, ganz gleichgültig.

Hach!
Huh!
Ich war aufgestanden und gab ihm die Hand.
Hach!
Dabei fiel mir die Palette mit dem Lidschatten herunter.
Huh!
Schnell wollte ich mich bücken, um sie aufzuheben, er auch.
Benedicte nicht.
Während wir auf der Erde hockten, kam es plötzlich über mich.
Ich wollte restlos alles aufklären und konnte doch nur einen Satz sagen.
»Ich muss dringend mit Ihnen reden«, flüsterte ich ihm zu, so dass es mit Sicherheit jeder im Raum hören konnte.
»Klar, warum nicht?«, erwiderte er und nickte mir aufmunternd zu. Allerdings hatte er in Zimmerlautstärke gesprochen und schien nicht im Geringsten zu ahnen, was ich vorhatte.
»Das Thema aber ist ja klar.« Er stand auf und klopfte sich die Hosenbeine ab.
»Und so alt wie die Geschichte der Arbeiter. Rentenreform. Das wird noch ein harter Kampf für den Kanzler.« Er lachte.
Mistkerl.
Gewerkschafter, elender!
Apparatschik, dem jegliches menschliche Gefühl abhanden gekommen war.
Und ich hatte gedacht, er wäre eine Ausnahme, etwas Besonderes.
Blöder, abgestumpfter, geschäftsmäßiger Gewerkschafter.

Ich lachte nun auch.
Gequält.
Bitter.
Bis in die Gallenspitze.
Benedicte wies ihm den Stuhl, band ihm ein weißes Tuch um den Hals und begann ihr unseliges Werk, während Fehrtenbach sich mit geschlossenen Augen ihr hingab.

Cindy, die Aufnahmeleiterin, füllte das Glas mit Wasser.
»Brauchst du noch etwas?«, fragte sie freundlich.
»Danke. Hab alles.«
Sie war eines der beeindruckendsten Mädchen, die ich kannte.
Studierte Kunstgeschichte und Germanistik, jobbte nebenher im Sender, half im Museum für Kunst und Gewerbe aus und pflegte ihre kranke Großmutter zu Hause.
Sie arbeitete wie verrückt, hatte stets gute Laune, war intelligent und sah sehr hübsch aus.
Dunkle, lange Locken fielen ihr bis auf die Schultern, die Figur war bestens durchtrainiert, denn natürlich joggte sie regelmäßig, ging, wenn das Wetter gut war, auf einem Baggersee nahe bei der Stadt surfen und legte zwei Mal im Jahr einen Wanderurlaub in den Alpen ein.
Als ich mit ihr gemeinsam eine Produktion in der Camargue hatte – wir porträtierten einen deutschen Geisteswissenschaftler, der in einem wunderschönen historischen Chateau in der Gegend wohnte –, stellte sich heraus, dass sie außerdem perfekt Französisch sprach.
Es gab nichts, was uns hätte aufhalten können, weder der Absturz einer Concorde einen Tag vor unserer Abreise noch die traumatisierten Mitarbeiter der französischen Fluggesellschaft.

An den Airports war das komplette Chaos ausgebrochen, niemand wurde bedient, Gepäckstücke verschwanden, und wenn man überhaupt eine Anschlussmaschine bekam, dann nur mit mindestens zwölf Stunden Verspätung.
Cindy hatte dafür gesorgt, dass unsere Koffer im Flughafen Charles de Gaulle gesucht wurden, und zwar vom Schichtleiter des Haupt-Counters höchstpersönlich.
Dabei hatte sie Charme, Intelligenz, weibliche Inspiration und ihr perfektes Französisch eingesetzt.
Sie hatte den armen Mann dazu gebracht, seinen Arbeitsplatz für gute neunzig Minuten zu verlassen, in den Keller zu den Förderbändern zu stiefeln und sich mit der Kraft des ganzen Mannes für ihre Wünsche einzusetzen.
Wäre ich ein Kerl gewesen, hätte ich sie vom Fleck weg geheiratet.
»Noch fünf Minuten.«
Sie nickte mir unter ihrem riesigen Kopfhörer zu und drückte auf das Funkgerät, das sie an ihrem Gürtel befestigt hatte.
»Regie! Es fehlt der Gast zum Interview an Position vier. Ansonsten sind wir klar.«
Der Gast an Position vier.
Entweder wollte er nichts bemerken, oder er hatte wirklich nicht wahrgenommen, dass es für mich wichtig gewesen wäre, mit ihm zu sprechen.
Auf jeden Fall brauchte ich heute Abend noch die Chance, ihm meine Situation darzulegen.
Fieberhaft überlegte ich.
Wenn das Interview an Position vier beendet wäre, könnte er theoretisch verschwinden. Ich aber müsste weitermachen bis zum Ende der Sendung.

Was sollte ich nur tun?
Alexandra fiel mir ein.
Stimmt, sie hatte Recht.
Also noch mal.
Was konnte er tun?
Wozu war er noch bereit?
Der Gast von Position vier betrat das Studio.
Cindy positionierte ihn mir gegenüber.
Nicht wie letztes Mal, wo wir nebeneinander auf dem Prominenten-Sofa fast eine Stunde miteinander verbracht und das Leben an sich und überhaupt beleuchtet hatten.
Heute war er in der aktuellen Deko, das bedeutete, wir führten ein kurzes Interview auf gegenüberliegenden Positionen.
Üblicherweise wurden hier Streitgespräche, kontroverse Diskussionen vorgenommen.
Na, dann mal los!
»Guten Abend, meine Damen und Herren, und herzlich willkommen beim Abendjournal.«
Der Jingle lief, ich trank einen Schluck Wasser, und Peter sah mich an.
Dong!
Er war ein schöner Mann.
Bei aller Wut.
Egal, in welcher Situation wir uns jetzt befanden.
Und er sah so entschlossen aus.
Männlich.
Kantig.
Kantige Männer wurden, da waren beinahe alle Soziologen der Welt sich einig, von Frauen intuitiv bevorzugt, die sich ein Baby wünschten. Es war der so genannte raue Typ, der ins Unterbewusstsein hineinsignalisierte:

das harte Leben da draußen meistern, die Sippe ernähren, genügend Happa-Happa erlegen, kurz: überleben können.

Feine Einrichtung.

Muttern kochte dann, versorgte die Kinder und suchte sich als Nächstes ein Milchgesicht. Den zärtlichen, ehrlichen Typen, wie die Wissenschaftler ihn beschrieben.

Der nämlich signalisierte dem Unterbewusstsein gute Fähigkeiten zur Aufzucht der Kinder.

Frau Statistik verließ Sylvester Stallone, um mit Otfried Fischer die Kleinen hochzupäppeln.

Tolle Vorstellung.

Peter schien abgenommen zu haben.

Gewiss nicht meinetwegen.

Vielleicht kochte die alte König schlecht?

Ob sie wohl Kinder wollte?

Von ihm?

»Bevor wir zu unserem aktuellen Interview kommen, hier der Nachrichtenüberblick.«

Kurzes Lächeln.

Alles Routine, alles Gewohnheit.

Seit Jahren dasselbe.

Und ich?

Hätte schon gerne irgendwann an Nachwuchs gedacht.

Natürlich mit dem richtigen Mann und nicht einem Teflonvertreter.

Ich rückte mich gerade. War ich denn von allen guten Geistern verlassen?

Schon allein das Nachdenken war strafbar.

Der Kollege am Nachrichtenpult begann die kurzen Filmbeiträge anzumoderieren.

Ob Peter ein guter Vater wäre?

Eigentlich hatten Gewerkschaftsbosse nie Zeit. Erzähl-

ten in Interviews und Fragebögen immer dieselben Geschichten, wenn sie gefragt wurden.
Was würden Sie, wenn Sie die Chance hätten, heute anders machen?
Mich mehr um meine Kinder kümmern. Habe sie jahrelang vor lauter Arbeit vernachlässigt. Leide sehr darunter.
Ja, natürlich.
Mein Beileid.
Und er?
Hatte ja vier.
Geschieden. Seit Jahren.
Die Kinder lebten bei der Mutter.
Ich schaute auf die Studiouhr.
Noch drei Minuten dreißig.
»Noch drei Minuten dreißig«, verkündete Cindy.
Reden konnten wir nicht miteinander, Peter und ich, das hätte den Kollegen durcheinander gebracht.
Peter sah mich unentwegt an.
Ich ihn nicht.
Also, immer mal wieder, jedoch nicht durchgehend.
Konnte seinem Blick nicht standhalten.
Eigentlich hätte er sich nach diesem Abend noch einmal melden können, auch wenn er ein Verhältnis hatte mit der König. Möglicherweise war er sie ja auch schon über, nach all den Jahren. Und schließlich arbeiteten sie auch noch zusammen. Das nutzte ab, unweigerlich.
Und dann diese Missverständnisse mit und durch Bébé.
Es war schließlich mehr als unklar gewesen, was passiert war.
Eigentlich wusste er nichts.
Der Anruf von Bébé schließlich musste Aufschluss genug darüber gegeben haben, dass höhere Mächte,

nämlich die eines Irrsinnigen, ihren Einfluss genommen hatten.
War er wirklich interessiert gewesen, etwas aufzuklären?
Vielleicht hatte er auch viel zu tun gehabt?
Alexandra wäre unerbittlich gewesen, das war klar.
Nein, Mäuschen, natürlich wäre es seine Sache gewesen, die Angelegenheit zu bereinigen.
Aber wenn er es nun mal nicht getan hatte?
Todesstrafe?
Würde ich nicht selbst mit dabei draufgehen?
… wieder auf der Erde, aus der Wolkenflut,
he, he, he, he,
der Clown, he, he, he …
Oh, nein.
Frau Haenning begann schon mit dem Abgesang.
Im Geist vernahm ich die Klavierakkorde:
… abgestürzt und aufgewacht, ich merk es spät genug …
wieder mal gestolpert … he, he, he …
Die Streicher setzten ein.
»Noch dreißig Sekunden!«
Die Aufnahmeleiterin weckte mich.
»Danke.«
»Noch zehn …«
Ich rückte mich zurecht, lächelte ihn kurz an.
Dann der Blick in die Kamera.
»Zu unserem Tagesthema:
Meine Damen und Herren, kein Tag, an dem die Rentenreform in unserem Land nicht diskutiert würde.
Nun hat der Kanzler das Thema zur Chefsache erklärt.«
Ich berichtete kurz von dem Zwist zwischen der Koalition, der Opposition und den Gewerkschaften, »… begrüße ich nun im Studio Dr. Peter Fehrtenbach.«

Er nickte freundlich.
»Die Gewerkschaften haben sich laut zu Wort gemeldet. Glauben sie wirklich, Einfluss geltend machen zu können, wie sie es anstreben?«
Er antwortete, wie ich ihn kannte: konkret, gezielt, pragmatisch, sympathisch und als Mensch.
Äußerte seine persönliche Meinung, forderte die Bürger auf, mehr Initiative zu zeigen, erzählte, welche Möglichkeiten derzeit beraten wurden, und informierte die Zuschauer so, dass sie zufrieden sein konnten.
Cindy gab mir das Zehn-Sekunden-Zeichen, wir waren zu Ende.
»Vielen Dank, Herr Dr. Fehrtenbach.«
Ich blickte kurz zu ihm hinüber, er grüßte zurück, ich wechselte in die Kamera drei.
»Zu unserem nächsten Thema ...!«
Er ging.
Ohne zu warten.
Hermann hinterher.
Ich war fassungslos.
Hätte er nicht wenigstens noch eine Moderation abwarten können?
Die Sendung verlief zäh wie Kaugummi.
Ein Volksmusik-Duo saß mit mir auf dem Prominenten-Sofa, und ich hatte schon nach drei Sekunden das Gefühl, die Vollkrise zu kriegen.
»Welches war Ihr beeindruckendstes Bühnenerlebnis?«
Einfache Frage, oder?
Er schaute sie an und lachte.
»Ja, mei«, wackelte er mit dem Kopf.
»Schatzerl, woi mas derzeen?«
Sie lachte ebenfalls.

»Jo, freile.«
Er wackelte weiter mit dem Kopf und lachte unentwegt.
»Des war in Kina. Do war ma mitm Stadl. Und do hom die Kinesen unser Liadl textgenau mitgsunga. Gell, Schatzerl, woaßt des no?«
»Jo, freile woas i des no.«
Sie wackelte nun auch mit dem Kopf.
»War ja dabei.«
Jetzt lachte auch sie wieder, sogar schallend, während er damit aufgehört hatte.
Er war wohl der Chef im Haus.
Ob Peter schon weg war?
Mit Sicherheit wartete er nicht noch eine geschlagene Dreiviertelstunde auf mich.
Ich lächelte.
»Scheint ein tolles Leben zu sein, wenn Sie bis nach China fahren, um Ihre Lieder zu singen …«
»Jo, freile is es des.«
Der Boss hatte geantwortet.
»Jo, des denk i a!«
Sie hatte nachgelegt.
»Haben Sie sich auch für die chinesische Volksmusik interessiert, als Sie dort waren?«
Hätte ja sein können.
»Wos, hom di a a Voiksmusi?«
Er schien wirklich interessiert zu sein.
Aber zu spät.
Leider.
»Ah, geh. Die singa do imma am Brunna vor dem Tore … woaßt des net, Hansi?«
Sie war schlauer.
Das passte ihm nicht.
»Jo, freile hob i des gwusst, Stanzerl.«

Und jetzt wieder lachend, fügte er hinzu: »Des woaß do a jeda!«
Sie lachte auch wieder, und ich fragte mich, warum ich nicht einfach aufstand und ging.
Idiotenschule!
Wenn Peter jetzt weg wäre, wäre er weg.
Für immer.
Dann hätte er mich abgehakt.
Schöne Romanze vorbei.
»Spielen Sie auch Instrumente?«
»Jo, freile.«
Beide lachten.
Ich nun auch.
Aber irr irgendwie.
»Ja, und welche?«
Ich zögerte bei der Frage, weil ich nicht genau wusste, ob jemand spontan antworten wollte.
»Der Hansi spuit Gitarren.«
Stanzi strahlte.
»Und i konn jodeln.«
Sie schien etwas vergessen zu haben, denn schnell schloss sie an: »Triangel. I spui a no Triangel.«
Wer hätte das gedacht. Ich fragte mich, was die Zuschauer in diesem Moment empfanden.
Triangel.
Traum meiner schlaflosen Nächte.
»Welches sind Ihre nächsten Ziele?«
Ich war wieder ernster geworden.
»Ziele?«
Er schien nicht zu verstehen.
»Ziele. Ist doch eh kloar. Auf die nexte Tournee gehma, Hansi, woast scho. Noch Kanada und Amerika.«
Sie war zufrieden mit sich, weil sie so schnell geschaltet

hatte und so souverän eingesprungen war, und zudem glücklich über ihre Internationalität, und so lehnte sie sich wissend lächelnd zurück.
Keine Ahnung, warum mir ein kleines Büchlein einfiel, das bei meinen Eltern jahrelang im Bücherregal neben der kleinen blauen Blumenvase gestanden hatte, immer auf derselben Stelle: Die polyglotte Katze.
Das Tier auf dem Cover allerdings hatte geschielt.
Extrem.
Tat Stanzerl nicht. Mit dieser Behauptung hätte ich ihr tiefstes Unrecht zugefügt.
Stanzerl hatte nur einen leichten Silberblick.
Nicht nach innen, sondern nach außen.
Hansi war zurück auf dem Tapet.
»Amerika, Kanada und Montreall.«
Es schien wichtig zu sein, was er verkünden wollte, denn er nickte weiter eifrig mit dem Kopf, als er fortfuhr:
»Des Montreall is ja hoibert französisch, gell? Do redns Englisch und Französisch.«
Er grinste.
»Da miasst ma höllisch aufpassn, gell, Stanzi-Maus?«
Sie nickte.
»Des is oba koa Problem, weil der Hansi hat Französisch in der Schui ghobt, gell, Hansi?«
Nun war es wieder an ihm, zu nicken.
Wenn einer nur geringe Probleme im Halswirbelbereich hatte, konnte er hier unmöglich mithalten. Ich jedenfalls bemerkte, wie ich immer wieder leicht mitnickte, einfach nur so, um ihnen zu folgen.
»Lassen Sie uns noch kurz die Aktualität streifen. Es wird zurzeit viel über die Rentenreform diskutiert. Wie ist Ihre Haltung dazu?«
Es war gemein, was ich tat, und ich wusste es genau.

Und im selben Moment taten sie mir auch schon wieder Leid, die zwei lustigen Volksmusikanten.
Beide sahen nicht glücklich aus.
»Jo mei.«
Hansi kratzte sich am Kopf.
»Aiso, die Rente ist uns relativ wurscht, gell, Stanzerl?«
Er bat um ihre Mithilfe.
»I glaub scho, Hansi.«
Es schien sie nicht sonderlich zu interessieren, und sie sah in die andere Richtung. Gab also das Kommando an ihn zurück und signalisierte keine weitere Gesprächsbereitschaft.
Nach dem Motto: Männersache.
Politik war reine Männersache.
»Jo, des is nämlich so: Mir zoin überhaupts net in die Rente ein, mir kleba nix und miassn selbst schaugn, wie mir klarkemma.«
Mit seinem Blick gab er mir zu verstehen, dass es nun gut war.
»Später, wemma oid san.« Nachdenklich schob er den Satz nach.
»Vielen Dank bis hierhin, wir machen mit dem nächsten Beitrag weiter.«
Irgendwann ging die Sendung sogar vorbei.

Ich stürzte aus dem Studio, an Cindy und den Kameraleuten vorbei, in Richtung Maske.
Manfred kam mir entgegen.
»Also, Corinna, das war ja wirklich ...«
Weiter kam er nicht, denn ich rannte auf ihn zu, drehte kurz vor ihm ab, ich musste um die Ecke, und hetzte weiter.
Kurz vor der Tür bremste ich, strich mir einmal mit

der Hand durchs Gesicht, drückte die Klinke und trat ein.
Der Schminkraum war leer.
Bis auf Benedicte.
Die thronte auf dem hochgepumpten Schminkstuhl, besah sich im Spiegel und rauchte.
»Wann ist der Gewerkschaftstyp raus?«
Ich schnaufte mehr als ich sprach.
»Gewerkschaftstyp?«
Sie drehte sich zu mir.
Oh, Mann. Sie war wirklich blöder als drei Toastscheiben zusammengelegt, und ich hätte große Lust gehabt, sie in diesem Moment kräftig durchzuschütteln.
»Welcher Gewerkschaftstyp? Wir hatten heute nur einen in der Sendung!«
Meine Stimme zerschnitt mit scharfem Muster die Qualmwolken.
»Oder waren die zwei Geistesleuchten auf dem Sofa etwa von der Gewerkschaft?«
Also, wirklich.
Langsam schien sie zu begreifen.
»Ach, der ...«
Sie nahm einen tiefen Lungenzug.
»Der ist gleich weg, als ich ihn abgeschminkt hatte.«
Ich sackte in mich zusammen.
Hatte es geahnt.
Strohfeuer.
Mehr war es nicht gewesen für ihn.
Natürlich nicht.
Langsam lehnte ich meine Stirn an den Türrahmen und starrte vor mich hin.
Die König!
Seine Königin.

Peter.
Fehrtenbach.
Mist!
Ich hatte verloren.
Auf der ganzen Linie.
Ich atmete tief aus.
Und wieder ein.
»Gib mal 'ne Zigarette, bitte.«
Gab sie mir, klar.
Das war nett von ihr.
Feuer dazu.
Ich sah sie von der Seite an.
Dankbar.
Sie schien zu bemerken, dass etwas im Busch war, und lächelte hilflos.
Der erste Zug schmeckte immer noch am besten.
Hach!
Er war fort.
Huh!
Diesmal für immer.
Es drückte und rumorte in meinem Bauch.
Nein, Tausendfüßler, das ist nicht der Augenblick für dich.
Leise hörte ich die Streicher.
... Risse in der Seele,
Make-up im Gesicht ...
Ich durfte jetzt nicht theatralisch werden.
Aus dem Schrank holte ich meine Tasche und ging hinaus.
... das Leben, das wird weitergehen,
nur wie, weiß ich noch nicht ...
Ach, Gitte, wenn du wüsstest.
Schwester!
Und ich ball meine Faust und sag: Ich bin staaaark!

Als ich den Zündschlüssel in das Schloss schob, liefen dicke Tränen meine Wangen hinunter und fielen in runden Tropfen auf die Lederhose.
Es war aus.
Ach, Peter.
Vielleicht würde ich doch noch einen letzten Versuch machen, heute Abend.
Einfach seine Nummer wählen, mich entschuldigen und sein Interesse neu wecken.
Und die König einfach vergessen.
Schließlich hatte er das auch getan, an diesem einen wunderbaren Abend.
Aber wie würde er darauf reagieren?
Ich schaltete das Radio ein.
Die Nachrichten waren soeben zu Ende, und das Wunschkonzert um kurz nach acht begann.
Carsten moderierte.
Ich kannte ihn gut, wir hatten eine Weile in der Hörfunkredaktion zusammengearbeitet.
Es tröstete mich, in diesem Augenblick seine vertraute Stimme zu hören.
»Und nun haben wir wieder viele schöne Schlager und Hits für Verliebte.«
Ich seufzte.
Ironie des Schicksals.
Er las einige Namen vor, von Menschen, die sich gegenseitig grüßten, und moderierte den ersten Musiktitel an: »Und hier ist ein wundervoller Love-Song, der vor vielen Jahren beim Grand Prix Eurovision de la Chanson den ersten Platz belegte, gesungen von einer hinreißend schönen Frau, die auch heute noch genauso anbetungswürdig aussieht wie damals: Vicky Leandros' ›Dann kamst du!‹. Und mit diesem Song grüßt Peter von

der Gewerkschaft seine Corinna aus der Flimmerkiste herzlich mit dem Wunsch, dass alles sich ganz bald aufklären möge und sie wieder so glücklich sein könnten wie am ersten Tag.«
Die ersten Töne erklangen, und ich ging voll in die Eisen.
Träumte ich, oder wurde ich wahnsinnig?
Was hatte Carsten gerade gesagt?
Abrupt brachte ich den Wagen neben dem Pförtnerhäuschen zum Stehen, und eine Gänsehaut nach der anderen jagte meinen Rücken rauf und runter, während die schöne Griechin zu beschreiben begann, was eine liebende Frau beim ersten wichtigen Treffen tief in sich fühlt.
Peter!
Er hatte mir eine Nachricht geschickt.
Über das Radio.
Wieder fing ich an zu heulen, diesmal vor Glück.
So romantisch konnte kein anderer Mann auf der ganzen Welt sein.
Ich legte den Kopf auf das Steuer und weinte nun laut und vernehmlich, während Vicky aus Leibeskräften sang:
… Und mit dir kam die Liebe, die große Liebe …
Die Anspannung der vergangenen Wochen spülte sich von selbst hinweg, innerhalb allerkürzester Sekunden.
Gerade wollte ich meine Tasche nehmen, um ein Taschentuch zu suchen, da piepte mein Handy.
Ich hatte eine Mail bekommen.
Hastig riss ich den Apparat aus der Tasche und öffnete die Post.
Sie kam von Peter.
Ich musste erst mehrfach die Augen zusammenkneifen, um die kleine Schrift auf dem Display zu entziffern.

»Hallo, Lieblingsmoderatorin« stand da. »Musste aus Termingründen schnell weg. Wann sehen wir uns wieder? Dein Peter. P.S. Hast du meinen Gruß bekommen?«
»Ja, hab ich!«, brüllte ich den Telefonapparat an.
»Ja, ja, Peter. Peterle. Mein Peter.«
Zwischen Lachen und Weinen formulierte ich das dümmste Zeug zusammen, was der Mensch so zu Wege bringen kann, und mein ganzer Segen war, dass er mich in diesem Moment nicht beobachten konnte.
Glücklich startete ich mein Auto abermals, sang nun laut und fröhlich mit Frau Leandros im Duett, verfälschte den Text, in dem ich die Titelzeile änderte in: Die Königin ist tot, mausetot, einfach gestorben, aus und vorbei ..., dachte dabei darüber nach, wie schnell sich das Leben ändern kann, und verließ mit aufheulendem Motor das Gelände der Anstalt.

Ich wusste nicht mehr, wer schuld gewesen war.
Er, der kurz gezögert hatte, bevor er einbog in den kleinen Weg, oder ich, die ich das Zögern als Geste gedeutet und Gas gegeben hatte.
Es krachte laut, ich spürte eine ungeheure Wucht, so als wären elementare Kräfte gebündelt worden, und flog, ohne etwas dagegen tun zu können, nach vorne.
Mit der Stirn landete ich vernehmlich an der Windschutzscheibe.
Das Letzte, was ich wahrnahm, war die Hupe, auf der ich mit meinem Oberkörper lag und die nicht mehr aufhörte.

Keine Ahnung, wie viel Zeit vergangen war, bis ich die Augen wieder aufschlug.
Ich lag auf dem Gehweg, in eine Decke gehüllt, und ein Sanitäter kniete vor mir.
Er klapste mir leicht das Gesicht, und ich vernahm eine freundliche Stimme:
»Hallo, hallo. Sagen Sie mir Ihren Namen bitte … Ihren Namen, bitte.«
War ich verletzt?
Ich schloss kurz die Augen.
Was war geschehen?
Oh, ja.
Richtig.
Ein Unfall.
Jemand hatte mir die Vorfahrt genommen.
Oder ich ihm?
Ich schaute den Sanitäter wieder an.
Er war noch jung und lächelte mir aufmunternd zu.
»Na, bitte, da sind Sie ja. Können Sie mir Ihren Namen nennen?«
Um ihn herum hatte sich eine kleine Menschentraube gebildet.
Es war ziemlich dunkel, und viel erkannte ich nicht.
»Ja«, stöhnte ich leise. »Feldmann. Corinna.«
Ich schloss wieder die Augen.
Herrje, war mir schwindelig.
»Ist sie wach?«
Das war eine männliche, wohlklingende Stimme von oben, die ich irgendwie zu kennen meinte.
Langsam schlug ich die Lider auf und sah den Mann auf mich zukommen, der sich langsam herunterbeugte.
»Es tut mir so Leid«, flüsterte er mir zu und nahm meine Hände in seine.

Sie waren schön warm.
In der Dunkelheit musste ich mich zwingen, genauer hinzusehen.
Ein plötzlicher Schwindel erfasste mich, und die Welt begann sich um mich zu drehen.
Es war Gregor.
Gregor Gernand.
Der Arzt aus der Klinik.
Der Mann mit dem Kosmetikkoffer.
Ich schloss wieder die Augen.
»Können Sie mich hören?«
Ganz leicht nickte ich, spürte, wie mein Kopf brummte.
»Wie geht es Ihnen?«
»Ja, gut«, hauchte ich.
Mehr war nicht drin.
Außerdem fühlte ich mich plötzlich wie das kleine Mädchen auf dem Wohnzimmersofa, das, in das Federbett eingehüllt, trotz Grippe ein bisschen fernsehen durfte.
Es war so kuschelig, so gemütlich und herrlich warm.
»Vermutlich haben Sie eine Gehirnerschütterung.«
Wie bitte?
Gehirnerschütterung?
Ach.
Was für ein Zufall.
Ich musste lächeln.
»Es war ein Versehen«, erklärte Gregor nun. »Ein Missverständnis.«
Und seufzend fügte er hinzu: »Es war eindeutig meine Schuld.«
Jetzt musste ich wirklich lachen, ganz leise allerdings.
»Dann steht es jetzt unentschieden«, hauchte ich schwach.

»Ich wollte Sie wieder treffen. Hatte Sie im Fernsehen entdeckt und war sofort losgefahren.«
Ich versuchte mich aufzurichten.
»Wie bitte?«
Er drückte meine Hände und zog sie zu sich.
»Nicht nur, dass ich mich für den Whisky bedanken wollte.«
Er zögerte, sprach dann leise weiter.
»Sie sind einfach wundervoll.«
Alles in mir begann sich zu wehren und aufzubäumen.
Die Abers und Wenns fochten einen harten Kampf.
Gegen ein kleines, glückliches Lächeln.
Das ungeahnt, auf einmal, tiefe Macht über mich gewann und das Gefecht dann für sich entschied.
Ein großes, warmes Gefühl, das Gefühl, endlich Weib zu sein, durchströmte mich, und bevor mir endgültig die Sinne schwanden, drückte ich seine Hände.
»Danke«, murmelte ich.
Dann tauchte ich ein in das Universum und verschmolz mit dem glitzernden Zauber, der alle Menschen einst formte. Mit dem einzigen Ziel, sie auf herrlich breiten Schwingen zu der hohen Kunst des Träumens emporzutragen, endlich hinein in das gleißende, wärmende Licht.